恋爱与牺牲
LES MONDES IMAGINAIRES

〔法〕安德烈·莫罗阿 著
傅雷 译

四川大学出版社
SICHUAN UNIVERSITY PRESS

图书在版编目（CIP）数据

恋爱与牺牲 /（法）安德烈·莫罗阿著；傅雷译.
成都：四川大学出版社，2024. 8. — ISBN 978-7-5690-7256-3

Ⅰ．Ⅰ565.55

中国国家版本馆 CIP 数据核字第 2024QC8266 号

书　　名：恋爱与牺牲
　　　　　Lian'ai yu Xisheng
著　　者：[法]安德烈·莫罗阿
译　　者：傅　雷

责任编辑：刘　畅
责任校对：喻　震
装帧设计：曾冯璇
责任印制：李金兰

出版发行：四川大学出版社有限责任公司
　　　　　地址：成都市一环路南一段 24 号（610065）
　　　　　电话：（028）85408311（发行部）、85400276（总编室）
　　　　　电子邮箱：scupress@vip.163.com
　　　　　网址：https://press.scu.edu.cn
印前制作：人天兀鲁思（北京）文化传媒有限公司
印刷装订：北京文昌阁彩色印刷有限责任公司

成品尺寸：145 mm×210 mm
印　　张：7
字　　数：126 千字

版　　次：2024 年 9 月　第 1 版
印　　次：2024 年 9 月　第 1 次印刷
印　　数：1—3000 册
定　　价：68.00 元

扫码获取数字资源

四川大学出版社
微信公众号

本社图书如有印装质量问题，请联系发行部调换

版权所有　◆　侵权必究

目录

译者序	1
楔子	3
少年维特之烦恼	9
因巴尔扎克先生之过	62
女优之像	107
邦贝依之末日	175

目次

译者序

　　幻想是逃避现实，是反抗现实，亦是创造现实。无论是逃避或反抗或创造，总得付代价。

　　幻想须从现实出发，现实要受幻想影响，两者不能独立。

　　因为总得付代价，故必需要牺牲：不是为了幻想牺牲现实，便是为了现实牺牲幻想。

　　因为两者不能独立，故或者是幻想把现实升华了变作新的现实，或者是现实把幻想抑灭了始终是平凡庸俗的人生。

　　彻底牺牲现实的结果是艺术，把幻想和现实融和得恰到好处亦是艺术；唯有彻底牺牲幻想的结果是一片空虚。

　　艺术是幻想的现实，是永恒不朽的现实，是千万人歌哭与共的现实。

　　恋爱足以孕育创造力，足以产生伟大的悲剧，足以吐出千古不散的芬芳，然而但丁、歌德之辈寥寥无几。

恋爱足以养成平凡性，足以造成苦恼的纠纷：这样的人有如恒河沙数。

本书里四幅历史上的人物画，其中是否含有上述的教训，高明的读者自己会领悟。

二十四年岁杪　译者

本书第一篇叙述歌德写《少年维特之烦恼》的本事，第二篇叙作者一个同学的故事，第三篇叙英国名女优西邓斯夫人（Mrs Siddons，1755—1831）故事，第四篇叙英国名小说家爱德华·皮尔卫-李顿爵士（Sir Edward-Bulwer Lytton，1805—1873）故事，皆系真实史绩。所记年月亦与真实相符，证以歌德之事可知。

本书初版时附有木版插图数十幅，书名《曼伊帕或解脱》，后于 Grasset 书店版本中改名《幻想世界》，译者使中国读者易于了解计，擅改今名。

本书包含中篇小说四篇，但作者于原著中题为《论文集》，可见其用意所在。

——译者附注

楔子

婴儿的第一个保姆简直同神明一样。法朗梭阿士（Françoise）一生下来，便看见摇篮旁边的这张又和气又严厉的面孔，以为它是开天辟地以来就有的。

她觉得她生存的世界尽够满意，用不到想象另一个世界，靠神怪的生物来餍足她的欲望，她的幸福使她和种种的神奇美妙无从接近。

她看了木偶戏回来说："有些小姑娘害怕鳄鱼，我却明明看见是一条木块，外面缝着绿的布。"

"那么，法朗梭阿士，你看不看见魔鬼？"

"哦，这算什么？不过是野人一般的东西罢了。"

有时候，一种可以信为天长地久的制度，竟被一桩出乎意料的变故推翻了。并非保姆被打倒，可是她为了爱情而退职了。她一走，法朗梭阿士觉得所有的习惯、仪式、软弱的小脑筋里唯一的机轴，和她同时消灭了。一年之中，换了几个政府，都是脆弱的，没有德行的。粗野的雷奥尼（Léonie），侮慢不恭的安越尔（Angéle），软弱的潘脱丽克（Patrick）小姐，那些胡闹的家伙，每人都要定下短时间的法律。

什么也不晓得尊重的雷奥尼会有什么威权么？起床、洗澡、用餐那些神圣的时间，她都不知道。就是告诉了她，她还要出言不逊。"你的奶妈是一个疯女人。"她说。法朗梭阿士先是愤怒，继而奇怪，觉得打倒偶像也是怪有趣的。

她生在大战的前夕，父亲在当兵，她只看见他是一个粗鲁的战士，也不常在家。她最爱她的母亲，比世界上的一切都爱。但那时母亲又烦恼又疲倦，不能常常监护她。并且，只有爱而没有纪律也不能养成有规律的心。这头小动物在懂得守规矩的年龄，竟还像野兽一样。

这个粗俗的雷奥尼被她打，被她搔，被她咒骂："可恶的东西！我恨你！你活着使我受苦！但愿你早死！"她怎么会这样痛恨她呢？这些说话她从哪里听来的呢？

雷奥尼吓跑了，让位给一个爱尔兰女人，病态的，常常要发抖的。"爱尔兰人和英吉利人不同的地方，是爱尔兰人的性灵更加丰富些！"潘脱丽克小姐这样说。她又道："我的父亲带着狗穿着红衣去打猎,我呢,我不喜欢小孩子。"

法朗梭阿士很快地把潘脱丽克小姐判断定了,因为她一点不会作假,就把她的断语告诉了她。

可是不规则的事情渐渐加多了。这个小妮子,大家以为可以随着自己的意思要她怎样便怎样的小妮子,突然多了一副奇怪的怕人的样子,常常吵闹,发脾气,强项的要索和无理的反复。一天早上,她忽然不愿上学,她竟不上学。过了一天,她要人家带她去看马戏,临时却说她改变了意见。

"法朗梭阿士,这真荒唐,你已经叫人家把位置都订了。"

"我不去了。"

"她不去了。"潘脱丽克小姐说,她眼见这种无可奈何的事气得声音都发抖了。

"够了,"她的父亲说,"太笑话了。你一定要去,就是你穷嘶极叫我也要拉你去。"

这样一说,法朗梭阿士便大叫大嚷了一阵,从她的叫喊声中可以听出她故意装成这样暴怒。时间已经晚了,要走也来不及了。

"这非把她惩戒一番不行。她应当懂得一切信约都得遵守。

罚她今天饭后没有点心。"

"好吧，"她的母亲叹了一口气说，"她饭后没有点心。"

可是等到吃完饭的时候，法朗梭阿士撒娇地坐在母亲膝上，喃喃地说："妈妈，你，你给我一块糖吧？"她很难过，觉得自己比女儿受到更凶的惩罚。她望望她的丈夫，他呢，是划一不二的人，对她示意，叫她坚持到底。究竟她也不敢让步，但为抚慰女儿的悲伤起见，想出了一个好法子：

"你欢喜的那几种已经完了，可怜的小宝贝。"

可是，自从我们这个小蛮子经过了这些痛苦的争执以后，她剧烈地、模模糊糊地觉得需要一种幻想生活。但丁（Dante）造一个地狱来安放他的敌人，不幸的莫利哀（Molière，莫里哀）把他的厄运造成了他的天才，法朗梭阿士也发明了曼伊帕（Meïpe）。

曼伊帕是她发明的一个城市，一个国家，或竟是一个宇宙。从今以后，凡是外界对她显得敌害时，她便往那边躲。

"我们今晚要出去，法朗梭阿士。"

"我和你们一起去。"

"那不可以。"

楔子

"啊！那么，算了吧，我，我可到曼伊帕去用晚餐。"

在曼伊帕，她从来不哭。大家整天在大花园里玩。"所有的人都作乐。"做父亲的也不一天到晚地看书。人家要他玩纸牌的时候，也不推说："我有事情。"而且孩子们可以在商店里选择他们的父母。到了八点钟，大家打发大人去睡觉，男孩子们领着女孩子们看戏去。

凡是法朗梭阿士饭后没有点心吃的时候，曼伊帕的糕饼师立在店铺门口把糕果分给路过的人。法朗梭阿士哭过的晚上，曼伊帕千千万万的灯光直透过她的泪眼，比别的日子更加美丽了。在曼伊帕，街车停在街沿上，把中间的大路留给孩子们走。买一本两个铜元的画册，店里的人还你十万个铜元。

"可是法朗梭阿士，你，你不用买书啊，你还认不得字呢。"

"我认得曼伊帕的文字。"

"曼伊帕有些什么最好的书呢？"

"大家都知道是班尔葛（Perque）和弗罗贝（Floubert）。"

"什么？"

"你不会懂的，这是用曼伊帕的文字写的。"

"但曼伊帕在哪里呢，法朗梭阿士？在法国么？"

"喔！不！"

"那么离这里很远吧？"

"曼伊帕？还不到一尺远。"

曼伊帕在我们的花园里，可也不在我们的花园里，好像我们的屋子正在曼伊帕与地球的交叉点上。

大艺术家都有创造另一世界的特权，那个世界，对于一般认识过的人是和实在的世界同样的不可少。我们的朋友，一个一个都发现了法朗梭阿士的神秘的王国，想到幸福而只希望在曼伊帕方能找到的人，也不止一个了。

少年维特之烦恼

人家说他那么易于动情,只要遇见一个中意的女子便想博取她的青睐。如果失败了,便把她画成图像,于是他的热情熄灭了。

——《画家弗拉·斐列卜·李比传》

一 史德拉斯堡

从佛朗克府(Francfort)来的驿车停在"精神客店"门口,一个德国学生卸下行装,午餐也不用,便像疯子一般跑向大教堂去了。这种行动使客店主人吃了一惊。寺塔的守卫们看他爬上塔去时也面面相觑,有些张皇。

洛昂堡（Château des Rohan）建筑的峻峭的线条周围，层层叠叠布满着三角形的屋顶。中午的阳光照在阿尔萨斯的平原上面，四野里尽是村落、森林，与葡萄园。这时候，每个村中的少女少妇都在出神。这幅风景于他不啻是一张新鲜的画，他的欲望已在上面勾勒出多少可能的与不同的幸福。他一面眺望，一面体味那期待未来的爱情时的幸福，甜蜜的、游离恍惚的期待啊。

他以后常到这里来。塔顶的平台，高悬在教堂别部分的房屋之上，他立在上面就好像腾在空中一样。

最初他觉得神迷目眩。幼时长期的疾病还遗下一种病态的感觉，使他怕空虚，怕喧嚣，怕黑暗。他想治好这种衰弱。

这片广大的原野，在他心中原只是一张白纸，慢慢地可被人名与往事点缀起来了。此刻，他一眼望见萨凡纳（Saverne），是韦朗领他去过的地方，他亦望见特罗森埃（Drusenheim），那边有一条小径，通过美丽的草场，直达斯森埃（Sesenheim）。那里有一座乡间的牧师住宅，四周围着园子，墙上绕着茉莉花，屋子里住着可爱的弗莱特丽克·勃里洪（Frédérique Brion）。

在天际，连绵的山岗后面，群堡的塔尖后面，阴云慢慢地集合拢来。这位大学生的思想却凝注在三百尺下街头熙熙攘攘的渺小的人身上。他酷想参透他们的生命，那些表面上各不相关而实际却是神秘地联系着的生命，他酷想揭开大众的屋顶，窥视那些隐秘的奇异的行为，唯有从这行为上才能了解人类。他前夜在傀儡剧场看过上演浮士德的神话。他仰望着在钟楼顶上驰骋的黑云，仿佛浮士德突然在空中飞过，使他出神了。"我？假使魔鬼以权势、财宝、女人的代价要我订如浮士德般的约，我签字不签字呢？"经过了一番坦白的简短的考虑之后，他对自己说："可以为了求知而签约，但不能为了占有世界……好奇心太强了啊，朋友。"

下雨了，他走下狭窄的螺旋式的梯子。他想："写一部浮士德么？已经有好几部了……但史比哀斯（Spiess，施皮斯），虔敬的维特曼（Widmann，维德曼）等都是些庸俗的作家。他们的浮士德是一个粗俗的恶棍，是他的卑鄙无耻把他罚入地狱的……魔鬼上了当，但他始终没有放过浮士德……我的浮士德么？……那将更伟大，像希腊神话中帕罗曼德（Prométhée，普罗米修斯）[①]一流的人物……被神明谴责么？是的，或许要如此，

[①] 神话中以窃取天国火种而获罪的神。

但至少是为胆敢窃取神明的秘密之故。"

寺里的花玻璃窗映出一道阴沉柔和的光。几个女人跪在黑暗中祈祷。大风琴发出模糊的呜咽声好似一只温柔的手在琴上抚弄。歌德望着穹窿。平时他在一株美丽的树木前面，常会觉得自己和树木融合为一，参透它的妙处。他的思想如树脂一般升到树枝，流入树叶，发为花朵，结为果实。教堂里哥特式的弧形拱梁，使他想起同样茂密同样雄伟的组织。

"有如自然界的产物那样，此世的一切都有存在的意义，一切都和总体相配……一个人真想写几部如大教堂般伟大的大著……啊！要是你能把你所感的表白出来，要是你能把胸中洋溢着的热情在纸上宣泄出来……"

只要他深思自省，他便在自身中发现整个的世界。他不久之前才发现莎士比亚，对他于钦佩之中含有几分估量敌手的心思。怎见得他将来不是德国的莎士比亚呢？他有这等魄力，他自己很明白，但怎样抓住它呢？这活泼泼的力量，给它怎样的一种形式才好呢？他渴望能有一天，把握定了他的情感，把它固定了，如教堂里这些巍峨雄伟的天顶般屹立云霄。也许从前的建筑家，在真正的大寺未实现前，也曾对着梦想中的大寺踌躇怅惘过。

要有一个题目么？题目多着呢。哥兹·特·倍利钦根（Cötz de Berlichingen）骑士的故事……浮士德……还有日耳曼民间的牧歌，可用希腊诗人丹沃克列德（Théocrite，忒奥克里特）式的特格，但将是非常现代的东西。再不是写一部摩罕默德（Mahomet）……写一部帕罗曼德……不是么？一切使他可和世界挑战的题目都是好的。用波澜壮阔的局面，把自己当模型，描画出种种英雄；再用他内心的气息度与他们，赋予生命，这种巨人的事业一点也不使他害怕……或者还可写一部恺撒……他的一生简直不够使他实现那么多的计划。他的老师赫特（Herder）说过他有如"空自忙乱的飞鸟"。但必得多少的意象，多少的情操，生活过千万人的生活，才能充实这些美妙而空洞的轮廓。他常常说："目前什么都不要，但愿将来什么都成功。"

目前什么都不要……即是做可爱的弗莱特丽克的丈夫也不要么？不，连这个也不要。

他想象弗莱特丽克伤心哭泣的样子。他种种的行为都曾令人相信他定会娶她，她的父亲勃里洪牧师也待他如儿子一般，在这种情形之下，他难道真有离开她的权利么？"权利？在爱情中也有什么权利么？而且这桩艳遇给予她的愉快绝对不减于我！弗莱特丽克岂非一向懂得佛朗克府歌德参议的儿子绝不会娶一个美丽的乡下姑娘么？我的父亲会有答应这件婚事的一天么？她一朝处在全然不同的社会里时也会幸福么？

"诡辩啊！即使你要欺弄人，至少得坦坦白白地欺弄。歌德参议的儿子不见得强过牧师的女儿。我的母亲比弗莱特丽克的母亲还要穷苦。至于我和她所处的社会之不同，那么，上年冬天，她在史德拉斯堡几个世家的光滑的地板上跳舞时，不是挺可爱的么？

"说得对啊，但怎么办呢？我不愿……不，我不愿……娶她，无异把自己限制得渺小。人生的第一要义，在于发展自己所有的一切，所能成就的一切。我，我将永远保持我歌德的面目。当我说出我自己的名字时，我是把自己的一切都包括在内的。我的长处，我的短处，一切都是善的，自然的。我爱弗莱特丽克也并没错，因为我那时感到要爱她。假使一朝觉得需要避开她，把我自己洗刷一下，那么我仍旧是歌德。我如此这般地做，便是理应如此这般的。"

这时候，他想象弗莱特丽克哭倒在路旁，他骑着马慢慢走远，低着头回也不敢回一下。"这倒是浮士德中出色的一幕！"他想。

二　惠兹拉

一纸盖着红印的文凭使大学生获得了律师的资格。被弃的弗莱特丽克哭了。歌德博士的马急急奔向佛朗克府,心中虽然怀着剧烈的内疚。溜冰与念哲学书倒是有效的解脱方法。到了春天,歌德参议觉得为完成儿子的法学研究起见,免不得叫他到惠兹拉帝国法院去实习一遭。

在惠兹拉,除了这个空撑场面与贪污卑下的庞大的司法机关之外,还有德国几个主要君侯所设的使馆,在这省城中造成一个清闲快乐的小社会。歌德一到王子旅店,发现满座都是兴高采烈的青年随员与秘书。在初次的谈话里面,他觉得他们的思想正与自己的思想一般无二。

那时欧洲的智识阶级正经历着一个烦闷时期。各国的君王坐享太平已经有九年了;陈旧的政体还有相当的力量,使革命一时无从爆发;青年的狂热和社会的消沉对比之下,产生了一种烦躁厌恶的情绪,那是每个过渡时代的常有的忧郁,人们统称之为世纪病。惠兹拉一般青年随员,如所有同年龄的人一样,免不了感染这种苦闷。他们沉浸在书籍里，在卢梭与赫特的著作中搜寻思想的指示，在没有找到之前的惶惑的心境中，他们拼命喝酒。

和他们相似可又高过他们的歌德，很讨他们欢喜。和他们一样，他说话之间总离不了"自然……尊重自然……依照自然而生活……"一类的话头。因为"自然"是那时的口诀，有如那时以前的理智，那时以后的自由、真诚、强权等等。但在歌德心中自然不只是一个名词，他生活于其中，融化于其中，他自愿在自然前面放弃一切。当他的新交，那些外交官与文学鉴赏家们把自己幽闭在办公室里，装作至少还在工作的时光，歌德竟明白表示瞧不起帝国法院，表示他定要在荷马（Homère）与邦达尔（Pindare，品达）①的著作中研究公法，他每天早上挟着一册书，走到惠兹拉的美丽的乡下去。春光是那样的明媚，在田野与草地中，树木仿佛是大束的红花白花。在一条小溪旁边，歌德躺在蔓长的草里，在无数的小植物中，在细小的虫蚁中，在蔚蓝的天色下面忘记了自己。自从在史德拉斯堡烦闷之后，在佛朗克府惶惑悔恨之后，他觉得心中展开一片清明的境界，激起一种狂热的情绪。

---

① 公元前5、6世纪希腊抒情诗人。

他打开荷马的集子，故事中合于近代的富于人间性的成分使他非常爱好。他眼前所见在喷泉旁边的少女，便好像纽西佳（Nausicaa，瑙西卡）①与她的伴侣。客店大厨房里煮成的炙肉与小豌豆，就无异潘纳洛帕（Pénélope，珀涅罗珀）②的厨房与求婚者③的筵席。人物没有改变，书中的英雄并非僵死的石像，他们有血肉之体，有臃肿活动的手。如奥德修斯神④一般，我们亦乘着一只破舟在大海中漂流，靠近无底的深渊，逃不出天神的掌握。当一个人躺在地下，枕着柔软的绿草，凝视着无垠的春天的时候，这一切显得多么可怕，又是多么可爱。

晚上，在王子旅店的圆桌周围，听歌德博士讲述他白天的发现，从此成为一件顶有趣的事。有时是一首邦达尔的诗，有时是他着意描写下来的一所乡村教堂，有时是某村广场上的几棵菩提树、一群孩子、一个美丽的农家妇。他有一种天才，能在他的

---

① 荷马史诗中救奥德修斯（Ulysse）的女神。

② 奥德修斯之妻，亦荷马史诗中人物。

③ 指潘纳洛帕的求婚者。

④ 荷马史诗中的英雄，以冒险勇武著名。

叙述中间输入几乎是天真的热情，使最琐屑的事情也富有风趣。他一进门，室内立刻生气蓬勃起来。要是换了别人，这等古怪有力的谈话一定不能为大家接受，但对他如潮水一般涌出来的谈吐，怎么抗拒得了呢？怎么能不佩服他的力量呢？"啊，歌德，"这些青年中有一个对他说，"教人怎能不爱你呢？"

不久，惠兹拉地方所有的人士都渴望要结识他。唯有两个青年秘书，虽然也没有结婚，却不和圆桌周围的人混在一起。一个是勃仑斯维克（Brunswick）使馆里的耶罗撒拉（Jérusalem），挺漂亮的青年，眼睛是蓝的，又温柔又忧郁。人家说他的孤独，是因为他对于某同僚夫人的爱遭受打击之故。他访问过两次歌德，他的悲观的言论倒很使歌德动情。但耶罗撒拉的性情太深藏了，不能结成真正的朋友。

另一个孤独者是哈诺佛（Hanovre）使馆的秘书，名叫凯斯奈（Kestner）。他的同僚们提起他时总称之为"未婚夫"。实在他被认为已和当地的一个少女订过婚。他为人极是正经，故虽然很年轻，上司已把什么重大的责任交托他了。他不参加王子旅店的聚餐也是因为不得空闲之故。最初，凯斯奈听了外交界中优秀分子称誉那位新到的人物的说话不免有些反感。但有一天，当他和一个朋友在乡间散步时，看见歌德坐在树下，两人立刻做了一次深刻的谈话。会见了二三次以后，凯斯奈自己也承认遇到了一个非常的人物。

受着周围的人的崇拜，解脱了一切世俗的与校课的拘束，春天又是那么美妙，歌德幸福了。有时，他的热情中间渗入一种闪电似的情绪，宛似一阵轻柔的涟波，漾过沉静的湖面……弗莱特丽克么？……不，在他温和宁静的思想上掠过的倒并不是这个念头。这又是一种烦躁的期望。如往日站在大寺顶上眺望阿尔萨斯一样，他爬上山冈远瞩惠兹拉。"我也还有一天，会在打开一个人家的门的时候快乐得颤抖么？……我还能在读着一节诗的时候马上联想起某个脸影么？……在昏黄的月夜离别一个女子的时候，我能不能就感到黑夜太长，黎明太远么？……是啊，这一切都会来到，我觉得……可是弗莱特丽克……"

他记起一段往事："当我幼年的时候，我种过一株樱桃树，看它慢慢长大，觉得说不出的快乐。初春的霜把嫩芽打坏了，我不得不再等一年才看到树上有成熟的樱桃。可是鸟儿来啄食了，接着一个馋嘴的邻人又来偷摘……但若我再能有一个园子的话，我还是要种一株樱桃树。"

歌德博士便是这样地在群花怒放的树下散步，完全被这期望中的爱情激动了，谁是他的新爱呢？只有这一点他不知道。

三　舞会

各使馆的青年们，惯在美好的季节里举行乡村舞会。大家齐集在村中一家客店里，有些骑着马来，有些带着惠兹拉的舞伴坐车来。当歌德第一次被邀加入这个节会时，大家商妥要他陪着两个姑娘去接夏绿蒂·蒲夫（Charlotte Buff），人家简称为绿蒂的那位小姐。

她是端东慈善会主事蒲夫老先生的女儿，住着会里的房子，那是一所可爱的白庄。歌德独自下车，走过石框的门，穿过一个颇有贵族气概的院子，找不到一个人影，他便走进屋里去了。

一个青年的姑娘站在一群孩子中间给他们分烤面包。这是一个黄发蓝眼的女郎，脸上的线条并不匀正，在严厉的批评家看来或者不会觉得她美。但一个男人终生追求着的女性典型，往往为了说不出的理由只觉得他的那一类才能感动他。使歌德动情的，却是一种朴素的妩媚，日常生活中的轻情的姿态。史德拉斯堡的弗莱特丽克已是一个田园女神了。这童贞活泼的女子模型，或者他早已在纽西佳，那个公主，那个洗衣女郎身上识得了。

夏绿蒂一路的谈话，对于自然的感觉，在舞会中表现的天真的欢乐，阵雨中会用小玩意给朋友们消遣的本领，竟征服了博士的心。他认为半月以来他所爱慕的女子，现在是毫无疑问的找到了，他非常快乐。

绿蒂，她亦看到自己很讨他欢喜。她也因之觉得很愉快。她听朋友们讲起这个神奇的天才已有一个月了。于是她使出唯有贞洁女子才有的那种卖弄风情的手段，也就是很危险的手段。

凯斯奈平时总比别人忙碌，他很细心，每封信都要起稿子，凡是寄往哈诺佛的文件，必得全部由他过目签名。他必要夜间很晚的时候方才骑了马来与朋友们会齐。从他的和少女的态度上面，歌德明白大家所说的未婚妻就是夏绿蒂·蒲夫。这桩发现使他非常失望，但他颇有自主力，仍旧毫不介意地跳舞、作乐，替大家助兴。

散会时天已破晓。歌德默默地送三个伴侣回去，穿过晓雾溟蒙的森林与雨后清新的田野。唯有他和夏绿蒂没有入睡。

"我请你,"她和他说,"不要为了我而拘束。"

"只要你这对眼睛张开着,"他望着她答道,"我便不能阖眼。"

此后两人再没有一句话说。当歌德欠伸之间触着她温暖的膝盖时,他觉得这轻微的接触给他一种最强烈的快感。晨光的美,同伴酣睡的憨态,两人同感的愉快,造成一片甜蜜的心心相印的境界。

"我爱她了,"歌德想道,"这是毫无疑问的。但怎么会这样的呢?这时候,在斯森埃……那么……一枝情苗枯萎了,另一枝又开花了,自然界的运行便是这样……但她是凯斯奈的未婚妻,我能有什么希望呢?……我需要希望么?……再去看她,看她在家和孩子们的生活,和她谈话,听她欢笑……这已够了……什么结果?那又谁知道?而且为何要预先打算一件行为的结果呢?……一个人应当如溪水的流动一般生活下去。"

慈善会里的人还在暗淡的晨光里酣睡,等到他们的车子停下时,歌德已完全沉浸在幸福里了。

四　夏绿蒂

到了明天，他去问候纽西佳，承认了阿尔西奴斯（Alcinoüs，阿尔喀诺俄斯）[①]。蒲夫老先生才鳏居一年，膝下有十一个孩子，都在绿蒂温柔果敢的管治之下。歌德在初次访问时便博得老人与孩子们的欢心。他讲故事，发明新鲜的玩意。他的举动谈吐，都有几分青年的动人的魔力，叫人摆脱不得。

他临走的时候，全伙的小朋友要求他快些再来。绿蒂的微微一笑，表示她赞成这个邀请。明天，歌德又去了。办公室里什么事情也绊不住他，唯有在绿蒂面前他才快活，他绝不放弃现存的幸福，早晚都在绿蒂家。不上几天，他已做了他们的常客。

夏绿蒂的生活，看来真是可爱。她的美点，正与歌德当年在弗莱特丽克身上那么爱好的一般无二：处理家事的时候，目的虽很实际，轻快潇洒的态度却怪有诗意。她整天操作，为年幼的孩子洗脸、穿衣，逗他们玩耍，同时监督大孩子的功课，老是很

[①] 神话中纽西佳之父。

善意很谦和的样子。她领歌德到园里采果子，吩咐他剥豆壳或拣黄豆，黄昏时，整个家庭齐集在客厅里，她呢，叫歌德教古琴，夏绿蒂从来不让一个朋友闲着不做些有用的事。

绿蒂并非一个感伤的女子。她感觉灵敏，但没有余暇玩弄她的情操，且也没有这种欲望。她和歌德的谈话是有趣的，严肃的。他和她谈起他的生活、思想，有时也谈到荷马与莎士比亚。她相当的聪明，对于依恋着她日常生活的伴侣，颇能赏识他的才具。她觉得他的谈话都带着感情，或许竟是爱情，她很愉快，但并不慌乱。她知道自己的心很镇静。

"未婚夫"，他，却有些悲哀。他因为忠于外交官的职务，几乎整天不能分身。他来到绿蒂家，或是看见歌德在平台上坐在绿蒂脚下帮她理绒线，或是看见他们在园里挑选花朵。他们热诚地欢迎他，立刻和他继续已经开始的谈话，从来不因他的来到而羞怯怯地打断话头。可是凯斯奈猜到歌德一定不大高兴见到他。即是他自己，也更爱和夏绿蒂单独相处，但歌德自以为是常客，并不急于动身。因为两人都很贤明，都很有教养，故一些不露出难堪的情绪，大家知道应当怎样的自处。

凯斯奈因为谦虚的缘故，更加来得着慌。他非常佩服他的情敌，觉得他很美，很有才智。最糟糕的是歌德很清闲，能在那些永远孤独的人身旁替他们排遣愁闷，这确是一种优势。

如果他能识得对手的心肠，他或者可以放心得多。从第一次相遇时起，歌德便知绿蒂不会爱他。像她那般性格的女人绝不会因了一个歌德而牺牲凯斯奈。他有把握讨她欢喜，这已经了不起了。此外他能有什么要求呢？结婚么？不消说这是极可靠的幸福。但这种幸福他并不羡慕。不，现在这样，他已满足了。坐在她脚下，看她和兄弟们玩；他替她当了什么差事，或说了一句讨她欢喜的话时，希望她嫣然一笑；当他恭维她的说话过于直率时受着她抚摩般的轻轻一击：他在这种单调狭隘的生活中十二分地心满意足。

春天很暖和，大家在园子里过活。纯洁恬静的爱情故事，在歌德的日记里好似短篇的牧歌。他在建造了。当然不是大教堂式的建筑，但是矗立在美丽的郊野中的希腊庙堂。这些能有什么成就呢？他懒得想。他慢慢地把自己的行为当作自然的现象。

黄昏渐渐有了妙景。凯斯奈来到时，三人同去坐在平台上，一直讲到很晚的时光。有时，遇着月夜，他们便在田间与果园中散步。他们的交情已到了知己的程度，谈话格外有味。他们什么都谈，抱着互相尊重互相敬爱的态度，唯其如此，他们才能领受一种天真的乐趣。

三人之中谈话最多的是歌德。凯斯奈和绿蒂就爱鉴赏这副精明犀利的头脑。他讲他佛朗克府的朋友的故事，克勒当堡（Klettenberg）小姐啊，曼兹（Metz）博士啊，那是一个古怪的家伙，眼光那么狡猾，谈吐那么迷人，老是在神秘的书中寻求解决。他说他自己曾和他一起念过炼丹术的书，把宇宙之间装满了空气神、水神、火神。他又说他对于虔诚派崇拜过很久。他觉得这一派的信徒，比较最能容受一种不讲究礼拜而侧重内心修养的宗教。后来他亦厌倦了，说："那些人都是不大聪明的庸材，以为世界上只有宗教，因为他们除了宗教以外什么也不知道。他们非常顽固偏执，定要把别人的鼻子捏成如他们自己的一般模样。"

歌德认为说神明在人身外这种概念，绝不是真理。"相信神明永远在自己身旁，真是多么麻烦！为我，这将如普鲁士王老是跟住我一样了！"

女人欢喜的话题，除了爱情之外，便要数到宗教了。绿蒂对于这些谈话，听得非常有味。

歌德与凯斯奈把绿蒂送回家后，往往还要在惠兹拉静寂的街上徘徊很久。阴森的黑影被皎白的月光冲破了。清晨两点钟的时候，歌德高踞在墙上念着激昂慷慨的诗句。有时他们听到蹀躞的脚步声，一会儿后，看见年轻的耶罗撒拉走过，低着头一个人慢慢踱去。

"啊！"歌德说，"患着相思病的人啊！"

于是他放声大笑。

五　是时候了……

春去夏来，温情演为欲望。绿蒂太可爱了，歌德太年轻了。有时，在园里的小径中，两人的身体摩擦一下；有时，在清理搅乱的线团的晨光，或在采一朵鲜花的当儿，他们的手碰在一块。回想起这些，歌德终夜不能入寐。他焦灼地等待天明，天明了他才可再见绿蒂。在他们俩最幽微的情愫中，他又发现以前在弗莱特丽克身旁激动的情感，旧时心境的回复，使他对自己不满。

"第二次的爱情证明爱情难以永久，也即是毁灭了'永恒'与'无穷'的观念。"既然爱情也得再来一遭，足见人生只是一场平凡可怕的喜剧罢了。

八月里闷热的天气，使他连家常琐屑的工作也干不了，尽着一连几小时的空坐在绿蒂脚下。他慢慢地胆子大了。有一天，他吻了她一下。严正不苟的"未婚妻"立刻告诉了凯斯奈。

在那多情的严肃的秘书方面，这种情形确亦难以应付。假使对绿蒂的无心的轻狂，说一句唐突的或埋怨的话，什么都会弄糟了的。但凯斯奈很会运用爱人细腻熨帖的手腕。对于绿蒂，他只表示很信任她，并且依她的要求，让她去叫歌德明白他的地位。晚上，凯斯奈走的时候，她叫歌德博士慢走一步，告诉他不要误会她的感情，说她只爱她的未婚夫，她永不再爱别个男人。凯斯奈看见歌德在后赶上来，低着头很忧郁的样子，他觉得自己很幸福、很善心，非常同情他了。

从此，三个朋友中间有一种奇妙的温柔的默契。歌德尽情倾吐的榜样，使凯斯奈和夏绿蒂也有了吐露衷曲的习惯。晚上，大家把歌德对于绿蒂的爱做了一次冗长的讨论。他们讲起这件事情仿佛讲起一桩自然的现象，又危险又有趣。歌德和凯斯奈是同生日的，两人交换礼物，凯斯奈送给歌德的是一本袖珍的荷马诗集；绿蒂所送的，是他们初遇时她系在胸口的粉红丝带。

凯斯奈有过牺牲自己的念头。他没有对其余两人说起,只把他的意思写在日记里面。歌德比他更年轻、更美、更英俊,或者会使绿蒂更幸福。但绿蒂曾经向他保证,说她更爱他,说歌德那样光芒四射的天才难得会做一个好丈夫的。并且凯斯奈也很热恋她,当然没有这种勇气。

歌德表面上虽很快乐很自然,暗里却非常痛苦。绿蒂坚决的语气与明白的去取,损伤了他的自尊心。他有时受着强烈的热情冲动,竟当着凯斯奈紧握着绿蒂的手一面痛哭一面亲吻。

但即使在最可怕的绝望的时间,他也知道在这些真切的悲哀之下,另有更深奥的一层,另有一番清明恬静的境界。将来有一天,他可把那里当作心灵的避难所。这正如一个受着风雨吹打的人,确知乌云之上太阳还是灿烂地照耀着,确知自己具有到达那个区域的能力。烦恼的歌德便预感到不久他将制伏他的烦恼,而在描写烦恼的时候,或者反能感到一种辛酸苦辣的乐趣。

夜更短更凉快了。九月的玫瑰落叶了。歌德的古怪的朋友,那个才华盖世的梅克(Merck)来到惠兹拉,认识了夏绿蒂。他觉得她很迷人,但瞒着歌德不说。他淡淡地扮一个鬼脸,劝歌德动身，去找别的爱。博士呢，稍稍有些恼恨，想起他所恋恋不舍的享乐确是无益的，折磨人的，要摆脱也是时候了。在夏绿蒂身旁过着幽密的生活，晚上觉着她的衣裾轻轻掠过，在凯斯奈冷眼觑视之下强使她表示些微好感，是啊，歌德固然依旧在这些上面觉得幸福，但他艺术家的心灵，对于那么单调的情感已经厌倦。此次的逗留使他的内心生活更加丰富，美妙的感情境界也认识更多，但精华已经汲尽，收获已经告成，应得动身了。

"真应当动身了么？我的心如钟楼上的定风针般打转。世界那么美，只享受而不思索的人多幸福。我因为做不到这步而常常苦恼，我枉自发挥享乐现在的妙论……"

但世界在召唤他，希望无穷的世界在召唤他。"目前什么都不要，但愿将来什么都成功。"他有他的事业要干，有他的大教堂要建筑。所谓事业，究竟是什么呢？这是很神秘的，还包裹在"未来"这云雾里。但他确是为了这模糊的意境，要把眼前可靠的幸福牺牲。他强迫自己定下动身的日子，等到心志坚定之后，他可毫无顾虑地在热情中沉溺了。

他约他的两位朋友于晚餐后在园中相会，他在栗树下面等待他们。他们快要来了，亲热地、高高兴兴地来了，他们将把这次的夜会当作如往常的夜会一样。但这一晚是最后一晚了，是事变的主角歌德把它决定的，什么也更改不了他的主意了。离别是痛苦的，但觉得自己有一走的勇气时便快乐了。

他平生最恨装腔作势，这是从他母亲那里遗传来的，他受不了离别时的儿女态。他要在静穆凄凉的快乐空气中和朋友们消磨这一晚。谈话中间，两个不知事情真际的人，定会使第三个人伤心，因为他是明白真相的，这种悲怆的境界他已预先感到。

想到这里，他出神了一会儿，忽然听见夏绿蒂与凯斯奈在沙地上走来的脚步声。他迎上前去，吻着绿蒂的手。他们一直走到小径尽头的浓荫里，在黑暗中坐下。惨白的月光照着园中的景色分外幽美，大家沉默了好久。后来夏绿蒂先开口说："我每次在月下散步时总要想到死……我相信我们会在彼世再生……但歌德，我们能不能重新相聚……我们能不能互相认得？……你以为怎样？……"

"你说什么，夏绿蒂？"他错愕地答道，"我们自然能够重新相聚，此世或彼世，我们一定能重新相聚！……"

"我们的亡友，"她继续说，"还能知道我们的消息么？我们想起他们时的情绪，他们能不能感到？当我晚间安静地坐在弟妹中间,想起他们围绕着我有如围绕着母亲一样的时候,母亲的印象便鲜明地映现在我眼前……"

她这样讲了好一会儿,声音如夜一般柔和,如夜一般凄凉。歌德想也许是一种奇怪的预感使夏绿蒂的语调变得这般凄恻,一反往常的情形。他觉得眼眶潮润了,他想避免的情感终竟涌上心头。当着凯斯奈的面,他握住绿蒂的手。这是最后一天了。还有什么关系?

"应当回去了,"她温柔地说,"是时候了。"

她想缩回她的手,但他用力抓着不放。

"我们可以约定,"凯斯奈兴奋地说,"将来我们三人中谁先死,便当把他世界的消息传给两个后死的人。"

"我们可以再见,"歌德说,"不论变成什么样子,我们可以再见……别了夏绿蒂……别了凯斯奈……我们可以再见。"

"明天吧,我想。"她笑着说。

她站起身来和未婚夫向着屋子走去。几秒钟内,歌德还瞥见白色的衣裙在菩提树下隐约飘曳,过后什么都不见了。

凯斯奈走后,歌德在可以望到屋子正面的小路中彷徨了一会儿。他看见一扇窗亮了,这是夏绿蒂的卧室。过了一会儿,窗子重新漆黑。夏绿蒂睡了。她一些也不知道。小说家似的他满足了。

次日，凯斯奈回到寓所，发现歌德的一封信："他走了，凯斯奈；当你读到这几行时他已走了。请你把附在信里的条子交给绿蒂。昨天我原来是很定心的，但你们的谈话使我心碎。此刻我什么也不能和你说。要是我和你们多留一刻，我便支持不住。现在我一个人了，明天我要走了。喔！我可怜的脑袋啊！

"绿蒂，我极盼望再来，但上帝知道是什么时候。绿蒂，当你讲话的时光，我明知是和你最后一次的相见，我心中多么激动……他走了……什么精灵使你想到那样的话题？……现在我独自一人的时候，我可以哭了。我让你们快乐，但我没有离开你们的心坎。我将和你们再见，但绝不是明天，告诉我的孩子们：他走了……我写不下去了。"

下午，凯斯奈把信送给绿蒂。屋里的孩子，悲哀地再三说着："歌德博士走了。"

绿蒂很悲伤，一面读着信一面流下泪来："他还是走了的好。"她说。

凯斯奈和她，除了讲起他之外，什么话也不能说。

歌德的不告而别，使来客都觉惊异，责备他没有礼貌。凯斯奈却极力为他辩护。

六　可怜的耶罗撒拉

两位朋友感动之余，反复读着他的信，对他又是怜悯又是担忧，想他在悲凉孤独之中不知要变成什么样子，这时候，歌德却快快活活地走下琊河（Lahn）流域。他要到高勃莱兹（Coblentz）去，因为他约好梅克在特拉·洛希夫人（Madame de la Roche）家相会。

远远里是一带苍茫的山脉，在他头上是岩石堆成的白峰，在他脚下，在阴暗的山峡里面，是柳荫夹岸的河流，合凑起来是一幅凄凉得可爱的风景。

往事的回忆还很新鲜，但能够舍弃惠兹拉的幻惑也有一种得意之感，可把胸中的愁闷冲淡许多。他自忖道："这件故事能不能用来做一首挽歌？……或者做一首牧歌？"有时，他自问他的天赋是否偏于描画风景。"好吧，我将把我美丽的小刀丢入河里，要是我见它落水，我便做一个画家；要是我的视线给柳荫掩住了，我便永远放弃绘画。"

他没有看见刀子下沉，但瞥见水花四溅，占卜的结果似乎模棱两可。他决意缓日再定主意。

他一直走到安斯（Ems），随后坐船下莱茵河，到了特拉·洛希夫人家。他受着亲热的款待。特拉·洛希参议是一个体面人物，极崇拜服尔德（Voltaire，伏尔泰），是一个怀疑派和玩世派的人。他的夫人自然是富于情感的了。她出版了一部小说，招待文人，把她的家变成了智识阶级的集会所，她这种举动是不为丈夫赞成的，或竟是反对的。

歌德感兴趣的，尤其是玛克西米丽安·特拉·洛希（Maximiliane de la Roche）的黑眼睛，她才十六岁，是一个美丽的、聪慧的、早熟的姑娘。他陪她到乡间远足，和她谈着上帝与魔鬼、自然与心灵、卢梭与高斯密斯（Goldsmith，戈德史密斯）。总而言之，他尽量地炫耀自己，好似世界上就从未有过绿蒂这个人。而且想起绿蒂只使他对于新交更加兴奋。他在日记中写道："旧情的回声尚未在空中消失之前，已经听到新爱的音响在心头嘹亮，这真是非常愉快的感觉。正如我们看了落日西沉的景色，更爱回看新月东升一样。"

但不久，他应当回到佛朗克府去了。

一个人于失意之后回到家里，总觉得有颓丧与安息两重情操。鸟雀试想高飞而高飞不起，躲在窝里时却又苦想着它无法翱翔的海阔天空。青年人避过了苛刻的恶意的世界，回到老家，因为一切习惯都是家庭造成之故，他自然遇不到多大的冲突，他重新尝到那么单调的况味，与家庭的亲切殷勤的束缚。

凡是出过门的人，因为有了比较的意识，故回来看见家人依旧闹着陈旧无聊的纠纷，格外觉得惊异。歌德从小听厌了的老话又听到了，妹妹高奈丽（Cornélie）怨着父亲，母亲又怨着高奈丽，脾气不大好弄的歌德参议又想立刻把儿子拉回到研究律师案卷的路上去。至于这儿子自己，脑袋里装满了创造到一半的人物，却想不到现实世界。

歌德素来痛恨的忧郁，竟占住了他的心。他以为唯一的出路是立刻着手一部巨大的文学著作。难解决的只是选择问题。他老想写一部浮士德，或者帕罗曼德，或者恺撒。但起草了好几个计划，写了好几行诗句重又涂抹了撕掉了之后，他懂得一些好东西也写不成，在他和工作之间总有一个形象阻梗着，那便是绿蒂。

他的口唇保存着她唯一的亲吻的滋味，他的手保存着那双坚劲柔软的手的触觉，他的耳朵保存着那种庄重轻快的音调。此刻他远离了她，他觉得她的一切都是属于他的。只要他坐在书桌前面，他的思念便会神游于痛苦虚妄的梦想之中。他像别人一样，想把过去的情景重新构造起来。假使绿蒂还未订婚……假使凯斯奈没有那么可敬那么善良……假使他自己也不是那么老实……假使他有勇气不走……或假使他有勇气毁灭自己，把磨难他的形象和他的思想同时毁灭……

他在床头挂着一张绿蒂的侧影，是一个外方的艺术家用黑纸剪成的像，他如醉如狂，诚心诚意地望着她。每晚睡觉之前，他拥抱她和她说："绿蒂，你允许我拔下你的一支别针么？"夜色将临时，他往往坐在肖像前面，和他丧失了的女友喃喃不已地长谈。这些行动，最初是自然而然、不知不觉地流露的，几天之后，却变成了空洞凄楚的礼拜，但他觉得这样可以抚慰一下心中的愁闷。这张平庸的，甚至可笑的剪影，对他简直变成了神座一般的东西。

他几乎每天有信给凯斯奈，并且要他在夏绿蒂面前多多致意。提到恋爱问题时,他惯用在惠兹拉时一半说笑一半凄怆的语调,那时唯有这样才可诉说他心中的激情而不致伤了凯斯奈的心。他在信中写道:

"我们曾经谈到云雾以上的事情。我是什么也不知道,我所知道的是,老天爷必须是一个硬心肠的人才能把绿蒂留给你。"

又有一次他写道:"绿蒂没有梦见我,我很不高兴,我要她今晚就梦到我而绝对不和你说。"

有时,他被恼怒与骄傲的心思冲动了,说:"在我不能和绿蒂说已有别一个女子爱我了、很爱我了之前,我将不再写信。"

做了几次尝试以后,他不得不承认在没有把胸中的郁结宣泄以前,他实在无法开始那筹思已久的文学工作。写一部以绿蒂为主题的书吧,把她作为书中的女主角吧,这是他此刻觉得唯一能做的工作。

他的材料很丰富,有日记,有回忆,激动的情感也还十分鲜明,但他仍旧遇到巨大的困难。题材是贫弱得可怜:一个青年到一个地方,爱上一个已经有主的女子,在困难的情况之下退缩了。这可成为一部书吗?为什么他要走呢?凡是女读者一定要埋怨他。要是他真的动了爱情,他便该留着啊。事实上,歌德的出走是因为他艺术的召唤与创造的意志战胜了他的爱情。但除了一般艺术家外，谁又懂得这种举动？他愈想愈觉得题材的平凡浅薄，愈觉没有传出自己的故事的能力，同时对于一切文学工作也愈觉得憎厌。

到了十一月中旬，凯斯奈告诉他一件惊人的新闻。年轻的耶罗撒拉，常常穿着蓝色礼服、黄色背心，在月下散步、被人笑为"相思病者"的那个忧郁的美少年，竟用手枪自杀了。

"可怜的耶罗撒拉！"歌德在复信中写道，"这个突如其来的消息使我惊骇万分……有些人觉得万事都不如意，因为他们中着虚荣与崇拜偶像的毒，这次的不幸——我们大家的不幸，都应让这种人负责。唉，那些家伙真是给魔鬼迷住了！可怜的青年……当我散步回来在月下遇见他时，我说'他害着相思病'，绿蒂当还记得我曾因此大笑……我和他谈话不多。在动身的时候我把他的一册书带走了，我将把它和他的往事永远保存起来。"

别人的变故常常能令歌德发生真诚的情感，因为这些变故极像他自己的生涯中可能发生而没有发生的断片。他对于耶罗撒拉事件的好奇心，简直到了病态的程度。他明白感到，假使他的性格稍微不同，假使他的智慧中间缺少了什么成分，他也很可能做出这等绝望的举动。他得知这件噩耗时的第一个念头是"我书中的关键找到了",所以他更加注意这件事情。是啊,他的故事中的主角可以而且应该自杀。死,唯有死,才能使他的情节有伟大悲壮的局面。

他要求凯斯奈把他对于这件事情所能知道的尽量告诉他,凯斯奈也就非常卖力地替他写了一篇记事。

七　酝酿

有了歌德自己在惠兹拉时代的日记和耶罗撒拉自戕的叙述,一部美妙的小说的开端与结局,可说都已齐备。两件故事是真的,只须用自然的笔法移录下来便可动人。读者可以感到最真诚最热烈的情绪。想象的作用,可以如歌德素来希望的那样,减到最低限度。他颇自信,他也爱这个题材,可是他还不能工作,依旧追逐着自己的幻想。

他写作的时候,素来需要一刹那的灵感,好似在闪电似的光明中突然看到了作品的整体而无暇窥见它的细节。可是这一次,这种闪电似的启示竟没有获得。他和绿蒂的爱情么？耶罗撒拉的自杀么？是的，毫无疑问。但两桩事迹是运命的两种不同的排布，难把它们衔接在一块。照日记中几个人物的性格看来，简直没有插入那种结局的可能。凯斯奈那么温良，毫无嫉妒心，绿蒂那么朴实，那么愉快，歌德又老是那么幸福，只有好奇的心思：这样的人品怎么会叫主角自杀呢？他努力想象耶罗撒拉与海特夫人间的争执，耶罗撒拉临死之前的默想，只是毫无结果。各人的性格得改变过，事变的程序也当重新支配过。但故事前后贯串得非常密切，你只要触及一部分便会牵动全体。似乎真理只有一个，稍微改动一下，不论你改动得如何谨慎巧妙，就会觉得这也可能那也可能、心旌摇摇无从决定了。

歌德心里的宁静重又丧失了。无数的计划与方案占满了他疲乏已极的头脑。有时他自以为窥见几种模糊美妙的形式，但一下子就隐灭了。有如孕妇受着大腹的拖累一样，任是如何的翻来覆去，不得安息。

他动身往惠兹拉去探听那桩惨案的始末。耶罗撒拉自杀的屋子、手枪、椅子、床铺，他都看到了。他在夏绿蒂那边耽搁了几小时。未婚夫妇的幸福看来十分圆满。他们过着那么安静那么正则的生活，似乎连从前促膝夜谈的情景也从没想起。歌德觉得很苦恼很孤独。他的爱情重又燃烧起来。坐在端东慈善会里的长靠椅上，眼望着静穆娇艳的绿蒂，寻思道："耶罗撒拉是对的，我，或许也可以……"但歌德仍是歌德，平平静静地回到了佛朗克府。

他觉得家里的情形从没有这样黯淡。凯斯奈结婚的日子渐渐近了。晚上，在冷清清的卧室里，在他"荒凉"的床上，歌德想象夏绿蒂在新房里，穿着蓝条子的衬衣，梳着晚装的发髻，又娇艳又贞洁。欲念与妒火恼得他不能入睡。一个人必须定睛望着前面的一点光明才能生活，因为这光明是他前进的目标。他眼看自己的前程，是注定在这小城里当一名小小的律师或官吏，他的幻想还要遭受那些庸俗的中产者轻视。他的思想，明明富有创造力的思想，也只能用来造什么报告书或撰述无聊的辩诉状。"我在此地的生活，将无异巨人受困于侏儒……"他这种自大的思想实在也并非无理。他想自己被活埋了。少年时代的伴侣一个一个和他分离了。他的妹妹高奈丽快出嫁了，她的丈夫梅克往柏林去了。不久，夏绿蒂与凯斯奈也要离开惠兹拉了。"而我呢，我将孤零零地独自留下。要是我不娶一个女人或不上吊，真可说得我是极爱惜生命的了。"他在给凯斯奈的信中这样说着。过后他又写道:"我在沙漠中流浪,一滴水也没有。"

他慢慢地想起自杀的原因,以为一定是一个人过着单调郁闷的生活,极需要用一件非常的举动来使自己惊奇一下,竟可说是要令自己开心快意一下。他想:"生命的爱惜,往往要看一个人对于日夜的来复、寒暑的递嬗,以及由此递嬗得来的快乐是否感有兴趣而定。一朝兴尽之后,人生便只是痛苦的重负罢了。有一个英国人因为不耐烦每天穿衣脱衣而上吊了。我也听见一个园丁烦闷地喊道:'我还得老看着那些黑云自西往东地飞么?'这种厌恶人生的征象,在爱思想的人心中,尤其来得频繁。这是一般人所想不到的……至于我自己,要是我冷静地想一想,人生还能给我些什么呢?再来一个被我丢掉的弗莱特丽克么?再来一个把我忘掉的绿蒂么?佛朗克府的律师生涯么?……要是能够放弃这些美丽的东西,当然是很天然的勇敢的。"

"然而把自杀的方式仔细想一想的时候,便觉得自杀是一件多么违反本性的行为,所以不得不借用机械来达到目的。阿耶克斯(Ajax,埃阿斯)[①]所以能把剑插入自己的躯体,还是他身

[①] 希腊神话中的战士,因战败而自戕。

体的重量帮了他最后一次的忙。至若火器,也要反手运用才能打死自己……真正的自杀恐怕只有奥东皇帝(Othon)①的一刀直刺心窝。"

好几晚他上床的时候把一柄小刀放在身旁。熄火之前,他试把刀子往胸膛上刺,但他不能使自己受到最微轻的伤。肉体不肯服从他的思想。"也罢,"他想道,"这表明我究竟还愿活着。"

于是他诚心诚意地把自己盘问了一番,把一切现成的名词和在真正的思想之上飘忽不定的下意识的幻象一扫而空,他探求他不顾一切地还想活着,究竟是为了什么缘故。他发觉第一是尘世的色相还能给予他快乐,因为好奇之故,他还在那里不断地更新这色相;其次是他对于再来一次的恋爱抱着辛甜交迸的信念;最后是一种暧昧而强烈的本能,使他窥伺着胸中神秘的创造物,他觉得它正在慢慢地酝酿成熟。他写信给惠兹拉的朋友们说道:"放心吧,我差不多和你们两个相亲相爱的人同样幸福。我心中抱着如爱人们一样多的希望。"

---

① 公元 1 世纪时罗马皇帝,以皇位被夺自杀。

夏绿蒂的婚期近了，他要求让他去替他们购买婚戒。他觉得在刺激旧日的痛创时，有一种说不出的快感。因为决意要描写这场烦恼，他索性把烦恼激成绝望。歌德，做了歌德自己的模特儿，摆出他最好的姿势。

　　婚期的早上，凯斯奈给他写了一封热烈的信。依着歌德的要求，新妇的花球寄给了他，他星期日出去散步时，就把它插在帽上。他决定在耶稣死难日的前天摘下绿蒂的侧像，在花园里掘一个坟墓把它庄严地埋葬了。到了那天，他觉得这种仪式有些可笑，也就放弃了。现在，这张黑白相间的剪影可以看到他睡得很安稳了。凯斯奈夫妇动身往哈诺佛去。他们在这新世界中的生活，歌德一些也不知道，也就不能想象了。在歌德的心中，无论痛苦或爱情，都要有鲜明的形象方能久存。要固定他脆弱的情绪也有一个最适当的时间，他有没有放过这时间呢？

八　维特的诞生

　　他和玛克西米丽安·特拉·洛希一向有密切的书信往还，

她乌黑的眼珠,在他离开惠兹拉之后,曾经大大地安慰过他。一天,他得悉她嫁了佛朗克府的一个杂货批发商,姓勃朗太诺(Brentano),名叫彼得·安东(Peter Anton),比她大十五岁,前妻留下五个孩子。歌德在信中告诉凯斯奈道:"妙啊,妙啊!亲爱的玛克·特拉·洛希嫁给一个富商了!"大概是那个怀疑派的特拉·洛希先生认为多财多子远胜一颗青春的心吧。

玛克快要离开世界上最美的一角,离开她母亲周围的那个高雅的集团,去住到佛朗克府一所沉闷的屋里,和那些暴发的商人们来往。歌德为她打抱不平,但看到这么一个可爱的人儿和他住得近了,又十分高兴起来。

她一到佛朗克府,他就去看她,使出全身本领去讨好鳏夫的五个孩子,一刻钟内,便叫他们永远少不了他。当歌德要博取欢心的时候,真是没有人抵抗得了。即是勃朗太诺自己,觉得有一个市长的孙子在他家里走动也是件荣幸的事,何况他那般伶俐,更加把他款待得好好的了。

歌德的热情恢复了,仍如往日一样激昂兴奋地投身在狂热的友谊里。从今以后,他生活的目的,只在替玛克作伴,只在看她受不住"乳饼的臭味与丈夫的举动"时加以安慰,只在同她一块散步一块读书。一切工作重又放下。干吗还要写作呢？什么东西比得上美丽的脸上的微笑，比得上她那表示满意和感激的温柔的表情？

在油瓶鱼桶之间，玛克很苦恼。她不欢喜佛朗克府这城市。她极力想爱她的丈夫，可是实在太难了。歌德成了她的知己。她不像夏绿蒂·蒲夫那样专务实际，既不叫他洗净菜蔬也不要他采摘果子，只和他一同读着新出版的法国小说，或者配起四弦琴与钢琴和他合奏。

他们也常常同去溜冰。歌德借了他母亲的红丝绒外衣，披在肩上当作大氅。他溜冰溜得很好，趁着风势，很灵活自由地一路滑去，在他母亲和美貌的勃朗太诺夫人看来，他简直像一个年轻的天神。

"一切都好，"他写道，"最近的三星期全在娱乐中消磨过去了，要比我们现在更快乐更幸福也不可能了。我说我们，因为从一月十五日以来，我无论哪方面的生活都有伴侣，而我常常诅咒的命运，这回也可当得起温良贤慧的称赞了，从我妹妹出嫁以后，运命给我的赏赐还是第一遭呢。玛克依旧如天仙一般，朴实可爱的品性谁见了都要动心，我对她的感情造成了我生活的乐

47

趣。"

要是勃朗太诺不妒忌的话,歌德真可说是幸福了。最初,勃朗太诺觉得有这青年常常陪着他的妻出去散散步倒很方便,他整天忙着生意上的事情,又没有人代替得了。好几次他把歌德作为他和妻子中间的仲裁人,他以为一切男性在某些问题上的意见必定是一致的。不幸歌德是一个艺术家,所以是男性的叛徒。一个丈夫对于和他见解相同的情夫是极有好感的,喜剧诗人就留意到这等情景,但一个减削夫权的情夫,确是可恶透顶的了。

勃朗太诺注意到他的妻在佛朗克府住不惯,动辄指责他旧家庭的生活习惯,老是谈论什么音乐、书籍和其他的危险问题,他终竟很有理由地相信,定有一个搬弄是非的人在教唆他的妻,暗示破坏夫妇常规的种种念头,他认为这教唆犯便是年轻的歌德。

从他有了这些重要的发现以后,他对待歌德的态度变得极端冷淡,甚至有些侮慢的神气,使歌德在他家里所处的地位非常为难。要是狠狠地回敬他一下,那是叫自己永远不能再去了;要是忍气吞声地默受,那么这种侮辱可以一天一天地增加。不久,玛克觉得家庭的争吵把她的乐趣全破坏了,也请求歌德谨慎些少来几次。"我求你顾全我的安宁,"她和他说,"这种情形是不能长久下去的，不，不能长久下去的。"

他大踏步在室中来回踱着，再三地咬着牙齿说："不，不能长久下去的。"玛克看他那种激烈的样子，想叫他平一平气："镇静些吧，我求你，像你这副头脑，像你这种学识，像你这样才华，还怕得不到幸福？堂堂的男子汉，应得振作起来。为何要恋恋于我呢，歌德，为何定要我这身不由主的人呢？"

他答应绝足不去了，回到家里满肚皮的不快，自言自语地大声说话，兴奋到难以形容。社会狭隘的规律，老是叫他在幸福的路上碰钉子。他唯有一刻不离地陪着一个多情的女子才觉得安宁快活，才忘得掉自己。但要获得这种幸福，不是牺牲自己的自由，就得把所爱的人拖上"犯罪和不幸"的路。他至此才明白，社会的规律和个人的欲望的冲突是受不了的……夏绿蒂么？夏绿蒂可还爱着凯斯奈。但玛克是不能爱这个油货商的，她简直没有这种心肠。可是他总得让步。"你的智识与天才会给你幸福。"真是幻想。智识是灰色的，生命的树是绿色的。何况人类的缺点那么多，智识也大大地受着限制。最伟大的学者又知道些什么呢？他们一点也不晓得什么是万物的本体。人是什么？在他最需要力量的关头他便缺少力量。快乐也好，悲哀也好，当他正想把自己融化于无穷之中的时候，他就受着束缚，老是感到渺小可怜。

不知怎样的一变，他又突然静了下来，自主力恢复了，跳出了烦闷的思想，好像全不相干。"是啊，"他对自己说，"耶罗撒拉一定有过这种思想……他的事情也一定发生在像我与玛克之间的那种情景之后……"

于是他忽然看得非常清楚，他最近不幸的遭遇如何，可和耶罗撒拉的自杀配合在一块。当然，他的故事没有那样悲惨，简直说不上悲惨二字，他也知道那是很简单的，但至少可以帮助他对于一向没有经验过的情感得到多少门径，晓得是怎样的一种情调。

于是玛克和她的丈夫、夏绿蒂和凯斯奈、歌德和耶罗撒拉，好似混合了，融解了，隐灭了，他们的原子却在广阔的精神领域里飞扬驰骋，迅速地配成种种簇新的场面。这一切都很美，很可爱，歌德也非常幸福。

于是维特、夏绿蒂、亚尔培三个人物一齐产生了。维特便是歌德，要是他不是一个艺术家的话。亚尔培是凯斯奈，只是更狭隘了些，加上了勃朗太诺的嫉妒和歌德自己的理智。夏绿蒂是绿蒂，但是一个受了特拉·洛希夫人的教育而会读卢梭与克洛帕斯多克（Klopstock，1724—1803，克洛普斯托克）[1]的著作的。

从下一天起，他便关起门来工作，四星期中，他的书写成了。

九　朋友的懊恼

歌德把《少年维特之烦恼》写完之后，觉得多自由多快乐，好似胸中的郁积全盘忏悔过了一样。幻想啊，疑惑啊，欲望啊，全都有了永久的适当的归宿。大教堂造好了，最后的工作思想已经离开了工场，建筑师在静悄悄的空场上暗中企待第一批的信徒来到。他过去的生活已不在他的心内而在他的面前了，它多美啊！他从外面用一种胜利之后的疲倦的神态望着它时，又模模糊糊地想起他应当开始的新生活了。

新书要等到莱布齐赶节（Foire de Leipzig，莱普契希博览会）的时候才发卖，但作者至少要寄一本给夏绿蒂，他等不得这么久。他常常想象她读着这册小说时的情态。或许她晚间躺在床上时开

---

[1] 德国大诗人。

始读,高耸的乳房微微掀起着薄薄的衣衾;或许她坐在安乐椅里,凯斯奈坐在对面,稍稍有些妒意,偷觑她读的时候有何感应。她将第一次明白往年歌德的爱情。结局以前的热情的几幕,事实上从未有过但他现在可用魔术般的艺术力量强要她接受的狂吻,她读到这几段时一定会脸红吧……还有那亲爱的玛克·勃朗太诺?她一定也要长久地沉思幻想吧。

等到他从印刷所里拿到了最初的几册书时,立刻寄了两本给夏绿蒂和凯斯奈,并且附了一封信:"绿蒂,这册书于我多么珍贵,你读的时候便可感到;这一册于我尤其可贵,好像世界上只有这一部。它是献给你的,绿蒂;我把它亲吻了千百次,我把它藏着不使别人触到它。噢!绿蒂!……我愿你们两人各读各的,你一个子读,凯斯奈也一个子读,过后你们再各写几行给我。"

"绿蒂,别了绿蒂。"

凯斯奈和他的妻都微微地笑了。依他的话,两人各自拿了一小册,恨不得一口气读完。

夏绿蒂有些不安,她识得歌德热烈的性格,识得他不肯抑制热情,不肯容纳有益的社会规律。在实际生活中,因为怕受拘束怕限制自己,老是把火山的熔液壅塞了。但一个解放了的歌德将是什么样子呢？

从最初几页起，她便懂得叫她丈夫读起来时定然很难堪。那次的舞会，回忆起来原很简单，在书中不知怎样竟有狂热与肉感的性质了。"臂抱中拥着一个迷人的尤物！如狂风骤雨般旋舞！周围的一切都飞过了，消失了！……于是我发誓，我所爱的女人永远只能陪我跳舞，即是我死了也甘心。你当懂得我。"

夏绿蒂不觉出神了。老实想来，她从第一天认识歌德起，便懂得他是用这等心情爱她的。这个观念一直潜入她意识的深处，被小心谨藏着，她久已忘掉心坎中还有这种乱人意志的念头。但她的回忆并没有消失，因为她读到这一段时还感到不安的甜蜜的印象。

"喔！当我们的手指偶然相触，我们的足尖在桌下相遇的时候，便好似烈火在我血管中奔腾一般！我赶紧像避免火焰似的缩回来，但一种隐秘的力又在吸引我了，我神志昏迷了，我心旌摇摇不能自主了。啊！她纯洁无邪的灵魂，怎知道最轻微的亲热的举动已使我够痛苦了啊！她一面说话一面把手放在我的手上……"读到这里，夏绿蒂丢下书思索了长久。她那时真是完全无邪的么？在歌德描写的情形中，她不是几乎每次猜中他的痛苦么?她不曾因此而暗暗欢喜么?现在她读着这段记载时不是还感到一种特殊的幸福么?她埋怨自己不该卖弄风情。她望着坐在对面的丈夫,很快地一页一页翻过去,满是阴沉烦恼的神气。

一会儿他抬起头来问她想什么。他似乎又愤怨又难过,狠狠地说道:"这种行为真不应该……歌德所描写的人物,起先倒还像我们,后来不知怎样却把他们变成传奇式的、虚假的人物了……这个老捧着维特的手痛哭流涕,善于感伤的绿蒂,究竟是谁呢?……你也曾眼望着天说过'喔,克洛帕斯多克!'么?尤其是对一个初次见面的青年说过这种话么?……我简直连想象也无从想象……啊!我现在才明白,歌德从来不懂得你真正可爱的地方。唯有我,夏绿蒂,唯有我……你的可爱,在于你完满的、恰如其分的天真素朴,你的快乐、自然、谨默,你的令人敬畏的态度……可是他,连他自己的面目都弄糟了!真正歌德的行为比维特的好得多。我们四个月的来往,自有一种高尚宽宏的交情,他竟不会表白出来……至于我,被他描写得毫无感觉,'从不会读着一本心爱的书而动情',难道真是这般冷酷么?啊!我敢说假使我失掉了你的爱,我才会成为维特呢。"

这时候,夫妇俩走拢来,你怜我爱地温存了一回,这种结果大概不是作者真正希望的吧。两个人偎依着，手握着手一块读完了小说。读完的时候，至少凯斯奈是非常恼怒了。把他们那么纯洁天真的故事改易为一场悲惨的事变，他觉得实在可怕。是啊，这个歌德加上耶罗撒拉的两重人格的人，实在是一个鬼怪。无疑的，凯斯奈明知维特和他爱人最后一次会见的情形，完全采用他替歌德叙述耶罗撒拉自杀的那封信。但看到其中的女主角叫作绿蒂，开首几段完全是照绿蒂的模型写成的时候，他禁不住十分难过，仿佛一个粗俗的画家把他妻子的脸容与身体画成一幅淫亵的图画一样。

夏绿蒂呢，倒是感动的成分多，不快的成分少，但她很同情丈夫的感想，为安慰他起见，她便赞成他的意思。而且她也觉得他的恐惧很有理由。他们周围的人会说些什么呢？惠兹拉与哈诺佛两地的朋友，都会在书中识得他们。关于他们的叙述，有些是真实的，有些是完全虚构的，怎样去解释明白呢？即是有什么恶意的议论也难怪人家，但怎样才能避免啊？

可是，健忘与懒管闲事的机能，几乎人人都有，当事人那么重视的事变，不到六个月大家便忘得干干净净。要是凯斯奈夫妇头脑冷静一些的话，这是不难预料到的。但痛苦与明智是难得会合的，歌德冒失的举动，似乎把他们幽密的幸福永远破坏了。

一〇　尾声

次日，凯斯奈写了一封严词责备的信："不错，你在每个人物身上掺入多少不相干的性格，你把好几个人物融成一个。这都很好。但如果你在组织与融化的工作中听从你良心的劝告，那么你用作模型的真实人物也不至于受到这样的污辱。你想对着自然描写，使你的图画逼真，但你搜集那么多的矛盾搅在一块，以致失去了你的目标……真正的绿蒂要是像了你的绿蒂，真要苦恼死了……绿蒂的丈夫也是如此，你还称他为你的朋友，真是天晓得！

"你的亚尔培是多可怜的一个家伙！……就是你要他平凡庸俗，又何必定把他写成那样愚蠢，才可使你得意扬扬地揪住了他说'瞧！我多么英雄！'"

好几天以来，歌德焦灼地等着凯斯奈和绿蒂的批评。他希望有两封热烈的长信，把他们欢喜的或感动的段落分别举出来，或者加引书中的原文，或者用他忘记了或疏忽了的细节提醒他。他高高兴兴地怀着好奇心拆开了封皮，读到这篇尖刻的批论却征住了。"怎么？"他想道："难道一个聪明人竟不懂得什么叫作小说么？干吗他要维特定是歌德？殊不知正要叫维特自杀才好创造歌德。不消说我心中确有多少维特的成分，但我是一下子靠了决心而得救的。歌德减掉了意志，便成维特。减掉了想象，便有亚尔培。为何他说我的亚尔培是一个可怜的家伙呢？我为什么要把亚尔培写得平凡庸俗？亚尔培与维特是相反的，亦是相得益彰的，我的题材的妙处也就在这一点上。并且，凯斯奈从哪方面认出他是亚尔培呢？他以为我在自己身上找不出一个有理性的人么！……"

他愈是思索，愈是反复读着来信，他愈加不明白，愈加怪异。他想起使朋友着恼总有些难过。他把抚慰他们的方法寻思好久。怎么办呢？不要印行他的小说么？他没有这种勇气：

"我的亲爱的生气的朋友们，我必得立刻写信给你们表明我的心迹。事情已经做了，书已经印好，要是能够的话，就请你们宽恕吧。在事实没有证明你们的恐惧是多么夸张以前，在你们没有在书中认明想象与实际的混淆原无恶意以前，我什么也不愿辩白……现在亲爱的人，当你们觉得心头火起的时候，喔！请你们只想着你们的老朋友歌德，永远是，从今以后更加是忠实于你们的朋友。"

小说发行以后，果如凯斯奈夫妇所料，接到许多要求解释和表示同情的信。绿蒂的弟弟，亨斯·蒲夫（Hans Buff），把家庭里的感想告诉他们。至少在那边，大家都识得歌德，《少年维特之烦恼》使他们大大地哄笑了一阵。"喂，"亨斯写道，"你们读过维特没有？你们觉得怎样？这里的情形真是好玩呢。全城只有两部书，人人都想看，大家只能用尽心思去偷。昨天晚上，爸爸、迦洛丽、李尔、威廉和我，只有一本书，把封面撕去了，一页一页地在五个人手里传递……可怜的维特……我们读的时候大笑了一场。不知他在写的时候自己有没有笑出来。"

凯斯奈对于那般安慰他的朋友们，不得不指天发誓地声明，说他们夫妇非常和睦，他的妻永远爱着他，歌德从没想过要自杀，小说终究是小说。末了，依着夏绿蒂的请求，他们写信给歌德表示他们的谅解。

但他们是不得不谅解啊。青年作家陶醉了。整个德意志都哭着维特的命运。青年们仿着维特的服装,穿起蓝色礼服、黄色背心、褐色筒的皮靴。年轻的姑娘们竞相仿效夏绿蒂的衣衫,尤其是与维特初次见面时所穿的打着粉红结的白衣。在所有的花园里,善感的人们筑起古式的纪念物追悼维特。蔓藤的花草绕满了维特式的瓦缶。吟咏维特的诗歌也风行一时。连那些常常瞧人不起的法国人,也对这位卢梭的信徒表示狂热的欢迎了。自从《新哀绿绮思》(*Nouvelle Héroïse*)[①]一书之后,没有一部文学作品能把欧洲感动到这个地步。

歌德的回信毫无悔过的口气:"喔!你们这些没有信心的人!要是你们能够感到维特在千万颗心灵中引起的感应的千万分之一,你们便不会计较你们为它的牺牲了……就是取消了维特可以救我性命,我也不愿。凯斯奈,相信我,相信我吧,你的忧虑与恐惧自会像夜间的幽灵般隐灭。如果你是宽大的,如果你不麻烦我,我可以把关于维特的信札、热泪和叹息统寄给你。如果你有信心的话,尽可相信一切都会顺利,无聊的议论全无关系……绿蒂,别了;凯斯奈,爱我吧,不要再使我厌烦。"

---

① 卢梭名著,为18世纪哀感动人之著名小说。

从这一天起,他和凯斯奈夫妇的通信变得非常稀少了。

从此,他的文辞把他们固定了,浸透了香味,他觉得他们已不完全是实在的人物了。有好些时候,他每年一次写信给他们,开首总是"我亲爱的孩子们",以下是承问他们儿女绕膝的家庭里的景况,随后是善良的凯斯奈死了。

一八一六年,凯斯奈秘书的寡妇五十九岁,很丑,但天真淳朴的态度还很可爱。她到惠玛(Weimar,魏玛)去晋谒歌德大臣,她希望这个大人物能够提拔提拔她的几个儿子,尤其是丹沃陶(Théodore),想研究自然科学的丹沃陶。

她见到一个礼貌周全的老人,已经很憔悴。她努力在他的形象中探寻惠兹拉时代如醉如狂的青年的面貌,令人不得不爱的面貌,只是徒然。谈话非常困难。歌德不知说什么好,拿出些木板画与干枯的草木标本给她看。每个人都在对方的目光中看了惊讶的失神的情态。末了,总长大人提议把他戏院里的包厢让给这位老太太去看戏,说他有事不能奉陪,非常抱歉。出门时,她想道:"要是我偶然遇到他而不知道他的姓名时,他简直不会使我注意。"

实在是歌德博士早已死去长久，最爱跳舞与月下散步的绿蒂·蒲夫小姐也已死了。这件故事的一切人物之中，只有可怜的维特还活着。

因巴尔扎克先生之过

人生模仿艺术,

远过于艺术模仿人生。

——王尔德

　　一个黄昏在抽着烟卷中消磨过去,大家以毫无好感毫无根据的态度,批评着人们与作品。到了半夜,谈话突然兴奋起来,宛似那些看来已经熄灭的烟火,忽然照耀得满室通明,把睡熟的人惊醒一般。

　　讲起一个外表颇为轻佻的女友,曾在前夜进入嘉曼丽德派修道(Carmélites)使我们惊异的那件事,大家便谈到人性的变化无常,即使一个聪明的观察者,也难预测日常相处的人的最简单的行为。

"既然人人都有种种可能的矛盾,"我说,"试问旁人怎么还能预料什么事情。一件偶然的事故,自会引起某种舆情,你被人批评,被列入某类,社会的枷锁把你以后的生涯固定在英雄的或是可耻的流品中。但这种行为无异在木偶身上挂一个标签,而标签是很少和实在的分类相符的。如圣贤一般的人,脑中亦有卑鄙的思想。他们驱除它,因为他们的生活方式中容纳不下这种思念;但同是那样的意象,同是那样的人物,假使易地而处,他们的反应势必全然异样。反之,高尚的念头亦会在十恶不赦的坏蛋心中如影子一般映现。所以讲到人格问题完全是武断的。为言语行动的方便起见:可以说'甲是放浪的人,乙是安分的人'。但在一个较为切实的分析者看来,人性是动荡不定的。"

说到这里,玛蒂斯(Mathis)抗议道:"是的,你所谓人格,实际只是包括许多回忆、感觉、倾向的一片混沌,这片混沌自身当然没有组织力可言。但你忘记了一点,即外界的因子可以把它组织起来的啊。譬如一种主义便可把这些散漫的成分引向一个确定的目标,好比磁石吸引铁屑那样。一般热烈的爱情,某种宗教信仰,某种强固的偏见,都可使人在精神上获得无形的力量以达到均衡的境界，这个境界即是幸福。凡是心灵所依据凭借的力，永远是从外界得来的，因此……总之，你可重读《模仿》（L'Imitation）这部书，其中描写寻求'力'的一段说：'当你把我遗弃一旁时，我看到我只有弱点，只是一片虚无；但在寻求你而以纯洁的爱情爱你时，我便重新找到了你，亦发现我自己和你仍在一起。'"

这时候勒诺（Renaud）把手中的书突然阖上了立起身来，做出每次开口以前的姿势，坐在画室中的大火炉前面。

"信仰？"他燃着烟斗说，"正是，信仰与热情都可整饬精神，澄清思想……是啊，一定的……但像我这样从无信仰亦无恋爱的人，倒是靠了幻想之力才达到均衡状态……幻想，是的……我在精神上描画了一个在理想中使我满意的人物，然后努力去学做这个人物。于是小说啊戏剧啊，全来助我造成这副面具，唯有靠了它我方能得救（这里所谓得救当然没有宗教意义）。当我好像玛蒂斯所说的那样，迷失于错杂混乱的欲望中，找不到我自己的时候，当我自己觉得平庸可厌（这是我常有的）的时候，我拿起几种心爱的书，寻觅我过去的情愫的调子。书本中的人物不啻是我的模型，我对着它们沉思默想的当儿，竟重新发现

因巴尔扎克先生之过

我往日为自己刻画的理想的肖像,认出我自己选择的面具。于是我得救了……托尔斯泰的安特莱亲王（Prince André）,史当达（Stendhal）的法勃里斯（Fabrice）,《诗与真》中的歌德,都能澄清我精神上的混沌。且我亦不信这种情景是少有的……卢梭当时岂不曾把数百万法国人的感觉加以转变甚至创造了么?……邓南遮（D'Annunzio）之于现代意大利人……王尔德（Wilde）之于本世纪初期的英国人,不又都是这样么?……还有夏多勃里昂（Chateaubriand）?……还有罗斯金（Ruskin）?……巴莱斯（Barrés）?……"

"对不起,"我们中间的一位打断了他的话头,"请问那种时代感觉是他们创造的呢,或只由他们记录下来的?"

"记录?绝不是,亲爱的朋友。伟大的作家所描写的人物,是他的时代所期望的,而非他的时代所产生的。古代'叙事诗'中豪侠多情的骑士,是在粗犷野蛮的人群中幻想出来的,后来这些作品却把读者的气质转变了。拜金国家亦会产生洛杉矶电影中轻视名利的英雄。艺术写出一时代的模范人物,人类依样画葫芦地去实现他。但在实现的时候,艺术品与模范人物都已无用。当法国人尽变作真正的曼弗雷特（Manfreds）与勒南（Renés）[1]时大家就厌恶浪漫主义了。普罗斯德（Proust）[2]想造成喜欢心理分析的一代，不知这一代便将憎恨分析派小说而爱好赤裸裸的美丽的叙述。"

"嘿！真是霍夫曼（Hoffmann）与比朗台罗（Pirandello，皮兰德娄）式小说的好材料，"拉蒙（Ramon）说，"小说家所创造的人物起来诅咒小说家……"

"对啦，亲爱的拉蒙，你说的是，且在小枝节亦然如此。连你幻想人物的举动也有一天会变成血肉的真人的举动。你当还记得奚特（Gide）[3]有一句话：'多少维特式的人物不知道自己是维特，只等读到了歌德的《维特》才举枪自杀！'我就认识一个人，他整个的生涯都因巴尔扎克书中某个人物的简单的举动而完全转变了。"

"你知道么，"拉蒙说，"在佛尼市（Venise），有一群法

---

[1] 前者为拜伦诗剧中的主角，后者为夏多勃里昂小说中的主角。
[2] 19至20世纪的法国名小说家。
[3] 现代法国作家。

国人忽发奇想取着巴尔扎克小说中主角的名字而模仿他们的性格。于是在弗洛丽沃咖啡店中，尽是什么拉斯蒂虐克（Rastignac），葛李奥（Goriot），南端（Nathan）之流的小说中人了，这样的把戏直玩了好几个月，有几个女子竟以能把她们的角色扮演到底为荣耀……"

"这一定是怪有趣的事情，"勒诺说，"但这还不过是游戏罢了，至于我所说的那个人，却因想起了小说中的情节而转换了一生的方向，是的，他唯一的一生都为之改变了。这是一个我高师时代的同学，姓勒加第安（Le cadieu）……，一个最出色的前程远大的人。"

"在哪一点上出色？"

噢！各方面都是……强毅奇特的性格，精明透彻的头脑……学问的渊博几乎令人不能置信……他什么书都看过，从教会古籍到尼勃仑根（Nibelungen，尼伯龙根）史诗，从皮藏斯（Byzance，拜占庭）古史到马克思学说，而且他永远能在字里行间寻出多少普遍性与人间性的成分。当他讲一段历史的时候，真是有声有色，令人叹服。我特别记得他叙述罗马加蒂利邦反对参议院的史料……这是一个大史家大小说家的辞令……像他那样爱读小说的人亦是少见的。史当达和巴尔扎克①是他的两位上帝,他们作品中许多精彩的篇章都被记得烂熟,所有他对于人世的认识,似乎都从这两位作家那里得来的。

他在体格上也与他们有些相像:很结实,很丑,但是表现聪明与善良的那种丑。原来大小说家的外貌几乎常是魁梧奇伟的。我说"几乎常是",因为除此之外,还有别的较为不显著的缺陷,如缺少特征、染有恶习、贫穷困苦等等都足引起他们化身为小说中人的需要,这是创造者必不可少的条件。托尔斯泰年轻时丑陋不堪,巴尔扎克肥胖臃肿,杜思退益夫斯基(陀思妥耶夫斯基)粗野犷悍,而年轻的勒加第安的面貌亦一直令我想起司汤达离开故乡的脸相。

我们猜想他很清贫,我好几次到过他的姐夫家里,是一个在贝尔维尔地方的机器匠,吃饭也在厨房里的,他却在全校的人前夸耀他的姐夫。真是史当达小说中于里安·索兰(Julien

---

① 史当达与巴尔扎克均为法国19世纪大小说家。前者以心理分析见长,后者以深刻的写头手腕著称。

Sorel，于连·索莱尔）①式的情操，一切都可看出他颇受此种性格的影响。当他讲起于里安在黑暗的花园中抓握莱娜夫人的手时，神气就像在讲他自己的故事。为环境所限，他只能在杜佛饭店的女侍与穹窿咖啡店的女模特儿身上做大胆的尝试，但我们知道他心中颇希望将来或能征服若干高傲的、热情的、贞洁的妇人，而且他正在不耐烦地等待这个时间的来到。他和我说：

——用一部伟大的作品来轰动社会固是可能的，但是多少迟缓！且不认识十全十美的女子又怎么写得出好书？女人，真正的女人，唯有在上流社会才能找到，这是我们可以确信的。女人是一种复杂的脆弱的生物，要有闲暇、财富、奢华，要有多愁多闷的环境方能使她生长发达。其余的女子么？可以使人动念，可能是美丽的，但对我有何好处？肉的爱么？玛克·奥莱尔（Marc-Auréle）②所谓的"两个肚子一起摩擦"么？泰纳（Taine，丹纳）③所谓的"把爱情减到最低级的作用"么？单调平凡的爱

---

① 史氏小说《红与黑》中的主角。
② 纪元初罗马皇帝，以中庸明哲著称于世。
③ 法国19世纪实证主义哲学家、史学家，与勒南齐名。

护你一生么？我觉得这些全不对劲。我需要胜利的骄傲，小说般的情节……也许我错了……可是不。一个人认定他自己的天性，怎么会错？朋友，我是热情的、幻想的，我也有意要如此。我要被人爱才觉幸福，而因为生得丑，必须有权势才能获得爱。我一切人生的计划都是凭了这些意想而定的，你无论怎么说都可以，为我，唯有这样才合理。

那时候我因为身体衰弱之故，格外安分守己，勒加第安的"人生计划"在我看来是全然错误的。

"我为你可惜，"我回答他说，"我为你可惜，我不懂得你。你自寻烦恼（你也已经烦恼了），且很可能败在不值得的敌人手里。至于我，假若我有了内心的实在的成功，则别人表面的成功与我又有什么相干？……勒加第安，到底你求些什么？幸福？你真相信权势或女人能予人幸福么？你称为实在的人生，我却称为不实在的人生。你尽有机会把整个生命奉献于精神事业，享到最微妙的幸福，怎么还会期求那些不完全的，当然亦是虚妄欺人的事物？"

他耸耸肩，说道："是啊，我知道这些名言谠论。我也读过禁欲派的哲学论。我和你再说一遍吧，我和他们、和你，是不同的。是的，我可以在书本、艺术品、工作中间找到暂时的幸福。然而在三十或四十岁上我将后悔虚度了一生，未免太晚了。故我另有一种支配思想阶段的方法。先是摆脱野心的诱惑，但要摆脱野心的诱惑，唯有满足这野心。等到摆脱之后（只在摆脱之后），便可安分守己地消磨余生。因为已经尝过了浮华的味道，故此后的安分守己更为切实可靠……这是我的见解。一个美满出众的情妇，可使我免去十年的失败，少费十年无谓的心思。"

有一件事情，当时我不大明白，现在想来正是他性格的鲜明的暗示。一家酒店里有一个爱尔兰侍女，又丑又脏，而他竟毫不犹豫地和她睡觉了。尤其可笑的是她仅会说极少的法语，而全能的勒加第安唯一的缺点是完全不懂英文。

"亏你有这种念头！"我常常和他说，"你连她的说话都不懂！"

"你真毫无心理学家的气息。"他答道，"难道你不知正是为此才有趣味么？"

的确，你们应当懂得这种奥妙。因为在普通的情妇身上找不到又是爱娇又是羞怯的风情，故一个外国女子说着他所不懂的言语，便显得无限神秘、藏有无穷幻象了。

他有许多小册子，记载他亲切的琐事、计划、作业纲要等。这些计划真是包罗万象，从世界史到伦理学，什么都有。一天晚上这种小册他忘记了一本在桌子上，我们俏皮地翻开来看，发现许多很好玩的思想。我还记得其中有一条完全是他的口吻：

失败足证欲望的不够强烈，而非欲望的过于大胆。

又有一页上写着：

缪塞（Musset），二十岁时已是一个大诗人。

没有办法。

奥希（Hoche）与拿破仑（Napoléoen），二十四岁时已是一个大将军。

没有办法。

刚贝太（Gambetta），二十五岁时已是名律师。

或许可能。

史当达,四十八岁才印行他的《红与黑》。

瞧,这倒还有希望。

这本野心日记当时对于我们显得很可笑,虽然勒加第安确是一个天才而非狂士。如果有人问我们:"你们中间有人一旦会从行伍中出来,走向光荣之路么?"我们定会回答:"有的,勒加第安。"但还得要有运气。在一切可能成为大人物的生涯中,他的功名事业往往是从一件细小的事故上发动的。假使没有王台米尔的民变,拿破仑将成为什么样子?没有苏格兰批评家的攻击,拜伦又将成为什么样子?很可能是十分平凡的人。而且拜伦还是跛足,这对于艺术家是一种力量;拿破仑则是羞怯怯的怕见女人。至于我们的勒加第安,他丑陋贫穷,他有天才,但他能不能有拿破仑般的机会呢?

在高师第三年学期开始时,校长召唤我们中间的几个到他办公室里去。当时的校长是班罗(Perrot),那个著美术史的班罗,一位好好先生,有些像刚洗过澡的野猪,又有些像一只眼的怪兽,因为他是独眼,又臃肿得可怕。当人家为着前程问题去请教他时,他总答道："喔，将来……从这里出去，想法谋一个好位置，薪水多，工作少，愈少愈好。"

这一天，我们齐集在他周围，他向我们做下列一段简短的谈话："你们知道德莱利伐（Trélivan）这名字？那个部长？是的？好……德莱利伐先生刚才派他的秘书来见我……他为他的孩子寻找一位家庭教师，问你们中间有没有人愿意每星期去三次，教授历史、文学、拉丁文三门功课。时间可由你们选定，使你们不致和自己的功课冲突。自然我可以给你们相当的便利。据我看来，这倒是获得一个高级保护人的好机会，或者你们还可在校课以外的时间弄一个闲差使混混。这是应当考虑的事情，你们去思索一番，大家商量定当以后，今晚再来报一个名字给我。"

我们都知道德莱利伐，他是于勒·法利（Jules Ferry，朱尔·费里）、夏拉曼拉哥（Challemel-Lacour，沙美拉库）[1]们的朋友，当代政治家中最有学问最有性灵的一个。年轻的时候，他在街头站在一张桌子上面背诵西舍龙（Cicéron，西塞罗）[2]的

---

[1] 法国19世纪末期大政治家。

[2] 伟大的拉丁诗人。

名著，轰动过拉丁区。巴黎大学的希腊文学教授，哈士老伯伯说他从未有过比他更好的学生。上了政台，他依旧保持着往日的豪情。他在众院讲坛上会随口说出大诗人的名字，当人家质问他的言语过于粗俗的时候（这正是进攻越南，反对派很凶横的时代），他便展开一本丹沃李德或柏拉图的著作，完全不听他们了。此次他不替孩子们聘请一个普通教师倒来找着我们年轻人的举动，已经十足表现出他的气派而使我们欢喜了。

我那时很乐意每星期到他家里担任几小时功课，但勒加第安是我们中间的"头儿脑儿"，享有优先权，他的答复是不难预测的。他在此找到了他素来热望的机会，他容容易易地一脚踏进要人之门，有一天或能当他的秘书，他亦定会把他吹嘘提拔到神秘的世界上去，我们的这位同学一向是自诩要统治这世界的。他要求这个差使，他获得了。翌日便去接事。

每晚我和勒加第安惯在公共卧室的平台上长谈。因此，从第一星期起，我就知道了德莱利伐家里无数的小事情。勒加第安只在第一天上见过一次部长，而且还等到夜晚九点钟，因为众议院散会很迟。

"那么，"我问他道，"大人物说些什么呢？"

"那么,"勒加第安答道,"我先是失望了……一般人心中要大人物不成为一个人,只要看到两只眼睛,一个鼻子,一张嘴巴,听到说出日常的语句,就仿佛一座海市蜃楼在眼前消灭了一般。但他和善可亲,人亦聪明。他和我谈起高师,问我们这一代的文学趣味,随后他领我去见他的夫人,她,据他说,对于孩子们的教育比他更为关心。她也把我接待得很好。她似乎有些怕他,他和她说话时有些讥讽的语气。"

"好预兆,勒加第安。她美丽么?"

"很美。"

"但恐不十分年轻吧,既然儿子们已……"

"三十岁左右……或者三十多一些。"

下星期日,此刻做了议员的一个我们以前的老师请我们吃饭。他是刚贝太(Gambetta)、蒲德伊哀(Bouteillier)、德莱利伐等的朋友,勒加第安趁这机会探听了一番。

"你知道么,先生,德莱利伐夫人未出嫁前是何等样的人?"

"德莱利伐夫人?据我记忆所及,她是于勒洛阿(d'Eure-et-Loir)地方某实业家的女儿……老老实实的中产人家。"

"她是聪明的吧。"勒加第安用着浮泛不定的口气说,仿佛是询问又仿佛是肯定,实际也许是希望人家证实他的推测。

"可不,"勒福(Lefort)伯伯微微惊讶地答道,"为何你希望她聪明呢?人家还似乎说她蠢哩。我的同僚于勒·勒曼脱(Jules Lemaître)倒很熟悉她的家庭,他……"

勒加第安倚在桌子上静听着,突然打断了他的话头问道:

"她规矩么?"

"谁?德莱利伐夫人?这个,我的朋友……人家说她有外遇,我是什么也不知道。说来似乎有些相像。德莱利伐不大理睬她。他,有人说他和玛赛小姐住在一起,她还在美术学校读书时,他就把她安插入法兰西喜剧院当演员……我知道他在玛赛小姐那里会客,差不多每晚都在。于是……"

这位加恩地方的议员摆一摆手,摇一摇头,谈到下届总选问题上去了。

从这次谈话的下日起,勒加第安对德莱利伐夫人的态度变得更自由更放肆了。当她在上课时间进来,勒加第安与她交换的日常琐屑的谈话里面,隐藏着几分大胆的试探。他向她瞩视的目光也愈来愈没顾忌了。她常常穿着袒露得很多的衣衫,令人从薄薄的纱罗内面隐约窥见她丰满的乳房。肩头和手臂生得精壮结实,显出快要达到成熟期的丰腴肥胖。脸上没有皱痕,或至少因为勒加第安太年轻了,看不出细微的褶裥。她坐下时露出一双非常细腻的足踝,蝉翼般的丝袜好似肉制的。这样,她的美貌与倩丽的丰韵,在勒加第安眼中简直如安琪儿一般,但并非怎样的威严,既然大家说她易于勾引。

　　我和你们说过,勒加第安的辞令是婉转动人的。好几次德莱利伐夫人进去时,他正和听得出神的孩子讲着恺撒时代的罗马、克莱沃巴脱拉(Cléopatra,克里奥帕特拉)的宫廷,或大教堂的建造人等等的历史,那时他竟敢涎着脸尽管讲下去不招呼她。她呢,做着手势教他不要中断,提着脚尖端一张安乐椅轻轻坐下。勒加第安口里讲着,眼睛偷觑着,心里想着:"是啊是啊,你想多少名演说家不及这年轻的高师生有趣。"或者他是误会了,因为她低头望着鞋尖或钻石的光芒时,说不定是在想起她的鞋匠或什么新的钻饰。

　　可是她时常来。勒加第安对于她的露面有着精密的计算,这自然是她意想不到的。如果她一连来了三天,他就想道:"她急透了。"他把自以为含有弦外之音的说话一句一句地细细咀嚼,更追想德莱利伐夫人的反应。在这一句上她曾微笑,这个很玄妙的字眼却并未使她动心;对于那一句微嫌放肆的隐喻,她曾以惊讶的高傲的目光睨视他一下。如果她整个星期没有来,他便说:"一切都完了,她讨厌我。"于是他用种种手段在孩子那边打听而不使他们觉得惊异,结果往往是极简单的事由把他们的母亲羁留着不得分身,她旅行去了,或是病了,或是主持某个妇女团体的集会去了。

"你瞧,"勒加第安和我说,"当我们强烈的情绪无法在别人心中激起同样的热情时,真想要……而尤其可怕的是对于别人的心绪一无所知。但一个人的热情正由别人这种猜不透的神秘性煽动起来的。假令我们能够猜透女人们所转的念头,不论是好是坏,就不至怎样苦恼了。我们或者欢喜,或者丧气而断念了。但这种镇静沉着的态度,也许内中藏有多少好奇的成分,也许什么也没有……"

有一天她请问他几部书名,一场简短的谈话开始了。课后一刻钟的会谈从此成了惯例,而讲书的语调很快转变成谈天说笑的口气,严肃之中带着轻佻的气氛:这种式子的谈话往往是恋爱的前奏曲。你们可曾注意到，男女谈话中诙谐的语调只是用来遮掩强烈的欲望？可说一面觉得冲动一面又怕危险，故两人表面上装作若无其事的样子以维持内心的安宁。于是一切言辞都含隐喻，一切句子都是试探，一切恭维都是爱抚。谈话与情操在两个交错的面上溜来滑去，字句所表现的上层，只能当作是下层的象征与暗示而领会，这下层满是模糊的兽欲的意象。

这个意气蓬勃的青年，想用他的天才来主宰法兰西的青年，在她面前竟肯委屈着谈些新近上演的戏、小说、时装、天气，等等。他曾和我讲起黑纱领围，与打着路易十五式结纽的白帽子（那时正流行着马蹄袖和高顶女帽）。

"勒福伯伯说得不错，"他和我说，"她不很聪明。更准确地说，她只在自己表面上着想。但这一切于我又有什么相干！"

在谈话的时候，他望着她的手和腰想道："这种礼貌周全的语气，规行矩步的姿态，怎能一变而为谈情说爱时的狎习呢？我以前结识的女人，最初的举动只是永不推拒的戏谑，甚至是故意激成的玩笑，以后的事情自然而然会循序渐进。但在目前的情境中，连轻轻的抚摩一下也不敢希冀……像小说中的于里安么？但于里安是在花园里啊，而且晚间的昏黑、良夜的风光、共同的生活，都是助成他的因缘……我却连单独见她都不可能……"

两个孩子老是在场，而勒加第安虽然常常偷觑她的目光，也看不出有丝毫鼓励他的神气或心照不宣的暗号。她望着他时的那种安闲静穆的样子，使人绝对不敢存什么胆大妄为的心思。

他每次从德莱利伐家里出来，在塞纳河边的大道上一面走一面想道：

——我真是懦弱……她有过情夫……她至少比我长十二岁，不至于十分挑剔吧……固然她的丈夫是一个杰出的人才……但女人们看得到这些么？……而且这也无关紧要。他不关切她，她似乎十二分地烦闷着。

他愤愤地反复不已地说："我真是懦弱……我真是懦弱。"

若使他对于德莱利伐夫人实在的心境认识得更清楚些，他亦不会这样的埋怨自己了。这是许久以后，有一个当时曾为德莱利伐夫人心腹之交的女人告诉我的。有时隔了一二十年的时光，"偶然"会使你以前极感兴趣的事情获得证实。

德莱利伐夫人名字叫作丹兰士（Thérése），是经过恋爱而结婚的。她确如传说所云，是一个实业家的女儿。她的父亲颇服膺服尔德的学说，富有共和思想，是今日已经少有而在帝政时代极普遍的一种人物。德莱利伐在某次竞选运动中曾经受到她家族的招待,少女丹兰士对他竟是一见倾心。婚姻的建议亦是她先发动的。她的家庭因为德莱利伐素有爱玩女人爱赌博的名声而表示反对。父亲说:"这是一个好色的登徒子,会欺骗你,使你破产。"她答道:"我将把他改变过来。"

那时节认识她的人,都说她的美貌、天真与忠诚,使谁见了也要动情。嫁了一个虽然年轻但已成名的议员,她假想着献身高尚事业的美妙的夫妇生活。她觉得自己被丈夫的谈吐感应了,模拟他,赞扬他;在艰难的时光做丈夫的忠实的扶掖者,得意的时光做一个隐晦的可贵的伴侣。总之,少女的热情,完全升华为表面上的政治的热情了。

这桩婚姻果然不出一般人的意料。德莱利伐在对她感有肉欲的时期内是爱她的,就是说大约有三个月的光景,随后便全然不关心她的生活了。一副爱好嘲弄的实利主义的头脑,全无热情冲动的男子,对于那般累赘的爱情非但不受蛊惑,倒反觉得可厌。

冥想之士爱好天真,力行之士厌恶天真。他拒绝她的柔情蜜意,拒绝的态度最初很婉转,继而还有礼,最后竟是直捷爽快的了。妊娠和因此而引起的禁忌成为他逃避家庭的借口。他回到气味相投的女友那里。当妻子有所怨艾时，他回答说她尽可自由。

她可绝不离婚，第一因为孩子，第二因为不愿放弃德莱利伐夫人这光荣的姓氏，也许尤其因为不愿向母家示弱承认失败，于是她只得独自领着孩子旅行，忍受朋友的怜悯，人家问起她丈夫是否出门时，她只能报以微笑。终于经过了六年的半遗弃生活，什么都觉意兴阑珊了。她当初幻想的美满纯洁的爱情，把她少女时代的生活装点得何等花团锦簇，此刻亦完全幻灭了。虽然如此，她还模模糊糊地感到需要温情的灌溉，她结识了一个情夫，是德莱利伐的同僚兼政友，一个势利的蠢货，几个月之后亦把她丢了。

这两件不幸的经历，使她对于一切男子都怀猜忌。人家在她面前，一提到婚姻问题她便叹气苦笑。她当年原是天真活泼、才思敏捷的女郎，此刻却变得沉默寡言、憔悴不堪。医生说她有了慢性的不治的神经衰弱症。她永远期待着祸患或死的来临。她丧失了乐天的观念，少女时代的爱娇与魅力亦随之俱泯了。她自以为不能被爱，也没有被爱的资格。

复活节假到了，孩子们的功课暂告中辍，勒加第安在这时间得以深长地考虑了一番，终竟毅然决然地打定了主意。开学后一天，上完课后，他要求德莱利伐夫人做一次个别的谈话。她以为他对于学生或有什么不满之处，领他到小客厅里。他很镇静地跟随着她，好似前赴决斗的神气。一等她把门关了，他便说他不能再守缄默，他只为在她身旁所过的几分钟而活着，她的面貌永远在他面前浮现着，总之他说了一大篇最做作最文学的诉白。说完之后，他想走近去握她的手。

她又烦恼又为难地望着他，口里不住地说："荒唐荒唐……快住口吧！"末了又说，"真是笑话……住口，请你走。"言语之间带着哀求同时又极坚决的意味，他觉得失败了，羞惭无地。他往后退，一边出门一边喃喃地说："我去要求班罗先生找人代我。"

在甬道中他停了一会儿，有些迷糊的样子，一时间竟找不到他的帽子，仆人听见了声音，出来送他走。

这时候，被情人逐出门与仆人站在背后的情景，突然使勒加第安回想起他不久前读过的一篇小说，巴尔扎克的很短很美的一篇，题目叫作《弃妇》（*La Femme Abandonnée*）。

你们都记得这篇《弃妇》么？……啊！你们不是巴尔扎克的信徒……那么我必得重述一遍，才会使你们明白下文。在那篇小说中，一个青年假托了什么缘由闯入一个女人家中，毫无准备地向她宣述最粗俗的爱情。

她以高傲的轻蔑的目光望了他一眼，按铃叫男仆："雅各——或约翰，张灯送客。"至此为止，颇像勒加第安的故事。

但在巴尔扎克的书中，那个青年在穿过甬道时想道："如果我这样走了，我在这女人心中将永远是一个蠢货，也许她此刻正在后悔不该那样突兀地把我打发走的，应该由我去了解她才是。"于是他和仆人说："我忘记了些东西。"重新上楼，看见那个妇人还在客厅里，便成了她的情夫。

勒加第安在颠颠顶顶寻他的硬袖头时想道："是啊，这正和我的情形一样……完全一样……不但从此我在她眼里将是一个蠢货，她还要把这桩笑话告诉她的丈夫。多么讨厌！……如果我回头再去看她，倒说不定……"

他和仆人说："我忘记了手套。"三脚两步穿过甬道，重新打开客厅的门。

德莱利伐夫人坐在壁炉旁一张小椅子上凝思，见他进来吃了一惊，但目光显然是温和多了。

"怎么？"她说，"……仍旧是你？我以为……"

"我和仆人说我忘记了手套。我求你再谛听我五分钟。"

她并不抗拒,而且在他出去的几分钟内,她思索的结果似乎确已后悔她的道学举动。天赐的机会不易受人重视,错失的因缘最是惹人眷念,这是人之常情。她逐客的举动原亦出诸真情,但一听到他的声音远去时便有再见他的欲望了。

丹兰士·德莱利伐三十九岁。悲欢离合的人生,柔情妒意的风趣,幽会密约的况味,她可以重新尝一遭,也许亦是最后一遭了。她的情夫是一个刚刚成年的男人,或者还有天才。她慈母一般的爱护之情,虽然遭受丈夫的峻拒,或可在这个一心相许的男子身上尽量宣泄。

她爱他么?我全不知道,但我相信那时以前,她除了认他为孩子们的出色的教员之外——而这是由于恭敬,倒并非有什么轻视的意思——从没对他转过别的念头。他说了长长一大篇的话,她差不多全没听见,之后他走近她身旁,她居然伸出手来,眼睛望着别处,表示无限娇羞的神气。这种动作,正与勒加第安理想中的情妇的动作相合,他因之万分高兴,用着真挚的热情亲吻她的手。

这天晚上,他竭力忍着,不使我看出他的得意。情夫是应当守得住秘密的,这一点他已在小说中学会了。在晚餐与黄昏时,他支持得很好,我还记得大家热烈讨论法朗士(M.Anatole France)的第一部著作,勒加第安称之为"有心做作的诗",他把它做了一个巧妙的分析。到了十点钟,他拉我离开众人到一边去,把当天的情形讲给我听。

"我本不该告诉你这些事情,但若没有一个心腹的人可以告白,我将感到窒息一般的痛苦。我抱着孤注一掷的心肠镇静地下了注,居然赢了。所以,搞女人,真的,只要胆大便好。我对于恋爱的见解使你发笑,因为是从书本中得来之故,但在实际上竟是真确的。巴尔扎克真是一个了不起的人物。"

以后他详详细细地叙述了一遍,末了他笑,抓住我的肩头发表他的结论道:"人生是美妙的,勒诺。"

"我觉得,"我挣脱了肩头说,"你的凯歌未免唱得太早。她的举动只是宽恕了你的冒昧罢了。事情的困难依旧不减。"

"啊!"勒加第安说,"你没看见她对我瞦视的神气呢……她一下子变得娇媚可人。不,不,我的朋友,一个人绝不会误会女人的情操。在很久的时期内我也觉得她很淡漠,当我和你说'她爱我'时，我自然肚里明白。"

我用着半含讥讽半是难堪的神情听他讲话，别人的爱情往往会引起这等情绪。但他赢了全局的想头竟没有错：八天之后，德莱利伐夫人成了他的情妇。他以非常伶俐的手段进行各种步骤，每次的会晤、动作、言语，事先都有准备。他的成功可说是"科学化的恋爱战术"的成功。

一般的理论说，色情恋爱一有肉体关系便告破产；勒加第安的情形却正相反，对于他，肉体关系只是挑拨起色情恋爱的机钮。真的，他从成年时代起所想象的美满的爱情，几乎都在她身上获得了。

在他的享乐观念中，我总觉有些可怪的成分，因为我自己不能把这些成分会合在一处。他要觉得：

一、他的情妇在某几点上胜过他，而她是牺牲了什么东西——如地位、财产——来迁就他的；

二、他的情妇是贞洁的，在淫欲方面保留着多少廉耻之心，必得要他去设法战胜的。彻底说来，我想他是骄傲的成分多，肉欲的成分少。

而丹兰士·德莱利伐差不多正是他和我时常谈起的理想中

的典型女人。她的住屋,她的衣衫,她和一个女友巧妙地安排接待他的华丽的寝室,她的仆役,他都满意。当她说出在很久的时间内对他觉得胆怯的话时,他愈加快乐,愈加依恋她了。

"你不觉得奇怪么?"他和我说,"一个人以为女人轻蔑他,至少是冷淡他,便以无数的理由来解释这种轻蔑。不料换了一个环境,发觉对方在同样的时期经历着同样的恐慌。你记得么?我和你说过'她三课不来了,她讨厌我。'那时她却想道(她亲自和我说的):'我时常去会使他讨厌,我将停止三课不去。'这样,别人的思想全部被我认识了,当初认为恶意的举动一旦涣然冰释地了解了,这是爱情赐予我的最大的愉快。自尊心平复了,满足了,更无丝毫烦恼。我想,勒诺,我会爱她。"

我,自然很镇定的,并未忘记勒福伯伯的谈话。

"但她聪明么?"我问。

"聪明。"他兴奋地说,"什么叫作聪明?你可看到数学班里的同学。如勒番佛尔(Lefèvre)之流,专门学者称之为神童,你我却名之为蠢材。假令我和丹兰士谈什么斯宾诺莎的哲学(我已试过了),显然会使她厌烦,而且她还十分耐心十分留神呢;但在其他的问题上,却是她使我惊佩,而是她胜过我了。对于十九世纪末期某个社会的现实生活,她比我、比你、比一代的思想家勒兰(Renan)都知道得更多。政治家啊,上流社会啊,妇女的影响啊,我可毫无倦容地听她讲几小时。"

以后的几个月之内,德莱利伐夫人在这些问题上很殷勤地满足勒加第安的好奇心。"我很想见一见于勒·法利……公斯当(Constant,孔斯坦)定是一个怪有趣的人吧……莫利斯·巴莱斯(Maurice Barrès,莫里斯·巴雷斯),你认识他么!"只要他这么说,她便会立刻筹划一个见面的机会。她素来憎厌德莱利伐广阔的交际,至此方才显出它的用处。她觉得利用丈夫的信誉以取悦年轻的情人是一件快意的事。

他晚上回来总要告诉我许多奇妙的故事,有时我禁不住问他:"可是德莱利伐,怎么会不觉察他家庭里的变动?"

勒加第安出神地想了一会儿,说道:

"是的,这颇有些奇怪。"

"那么,她也有在家中接待你的时候么?"

"很少,为了孩子,也为了仆役之故,但德莱利伐是从不会在三时至七时中间在家的……可怪的是她为我向他需索请束,如参众两院的旁听券等,直有一二十次之多,他每次都答应,且还很有礼貌,甚至非常殷勤的样子,从不加以根究。当我在他家晚餐时,他待我特别优渥。他替我介绍时总说:'一位有天才的青年高师生……'我认为他已把我当朋友看待。"

这种新生活的结果,是勒加第安不大再肯用功了。我们的校长,震于德莱利伐的声名,对于勒加第安的出入已绝对不加监督,但教授们都在埋怨他。以他平日的锋芒而论,绝不会在硕士试验上落第,但名次已退后不少。我和他说起这一层,他竟嗤笑。浏览三四十个难懂的作家的著作,他认为无聊而且不值得。在这一点上,德莱利伐夫人对他发生了坏影响。她眼中看到钻营的例子太多了,以致劝服了勒加第安,使他相信求个正途出身未免太迂缓了。

"硕士试验,"他说,"既然我在这里,自当应试,但何等麻烦!……你,你喜欢研究那些大学里老古董们自欺欺人的策略么?我倒还感兴趣,因为所有的谋划之事我都喜欢。但我觉得既然纯粹是玩把戏,倒不如在别种舞台上扮演为妙,看戏的群众也可多些。在这样的世界上,工作与权势是成反比例的。现代社会把最幸福的生活赐给最无用的人。一个人只要会讲话,有机智,便可出入于贵显之门,拥着娇妻美妾,甚至还可获得民众的爱戴。

恋爱与牺牲

你记得拉·勃吕依哀（La Bruyère，拉布吕耶尔）[1]的名言么：'优点使人常占先着；不啻替人缩短了三十年的时间。'在今日，所谓优点只是要人的撑腰，例如部长、党魁、有势力的官吏，比路易十四和拿破仑都强。"

"那么，你将干政治？"

"为什么？不，我并没什么确定的计划。我不过抱着待机而动的态度，任何机会都不轻易放过……政治之外，还有无数的事业可以参与政治的'妙处'而不参与政治的危险。政治家究竟要讨民众的欢喜，这是艰难而神秘的。我呢，若要取悦于政治家，倒是如儿戏一般容易的勾当，且亦是挺有趣的玩意儿。他们中间亦不乏博学风雅之士，即如德莱利伐吧，当他讲起希腊喜剧家亚里斯多芬（Aristophane，阿里斯托芬）时，比我们的老师不但高明几倍，且更含有一般学究们感觉不到的人生意味。他们那种淫逸的玩世不恭的概念，你真想象不出呢。"

这样之后，我以前祝贺他获得一个外省教授的位置，每周四小时的功课之外尽可由他冥思默想等等，自然于他显得很平

---

[1] 法国17世纪文学家。

凡的了。

那时候,有一个同学因为他的父亲常在德莱利伐家出入之故,告诉我说勒加第安并未博得大家的欢心。他遮饰不了自以为和一切大人物平等的情绪。他所用的权谋策略是显而易见的。他谦抑卑恭的态度亦不大自然。人家在女主人旁时常看见这个大孩子,未免有些奇怪。他的做作,反而露出他的笨拙与矫饰;实在他过于自负了,忍不住在大人物面前的委屈。

这段私情还有一点不高妙的地方,勒加第安从此永远觉得经济拮据。在他的新生活方式上,服装具有很大的作用,而这位思想出众的青年,在这一点上竟会如儿童一般幼稚可笑。他和我讲某青年司长穿的交叉式白背心,一连讲了三晚。在路上,他驻足在鞋铺前面,把各种式样研究了很久,接着看见我一声不响露出不赞成的神气,他便说:

"喂,把你的钱倾囊给了我吧……我绝不缺少答复你的理由。"

高师的学生宿舍是一种用檐幕分隔起来的小房间,一行一行地排列着,中间是甬道。我的房间在勒加第安的右面,左边睡着安特莱·格兰（André Klein），现任朗特省（Landes）的国会议员。

考试前几星期的一个夜里，我被一种奇怪的声音惊醒，坐在床上听着，分明是呜咽声。我起来，在甬道中看见格兰已经站在勒加第安的卧室外面，耳朵贴在帷幕上屏息静听着。呜咽声即是从这里透出来的。

这天从早上起我就没有见过他，但我们都已习惯这种情形，再没有人会因他久出不归而觉得奇怪。

格兰以首示意向我征求同意之后，揭开帷幕进去了。勒加第安和衣倒在床上，泪流满颊。你们记得，我说过他的性格何等坚强，我们对他又是何等尊敬，那么，我们当时的诧异是可想而知了。

"怎么的？"我问他，"……勒加第安！回答我……你为什么啊？"

"不要问我……我要走了。"

"你走？这是什么玩意？"

"这不是什么玩意，我不得不走。"

"你疯了么？学校把你开除么？"

"不……我答应走。"

他摇摇头,重新倒在床上。

"你真好笑,勒加第安。"格兰说。

勒加第安一下子跳起来。

"到底,"我和他说,"是怎么一回事?……格兰,你走开好不好?"

只有我们两个人时,勒加第安已经镇静下来。他站起,走到镜子前面整了一整头发和领带,回来坐在我的旁边。

于是我看他比较仔细了,脸色的变化使我大为惊异,眼睛竟可说是失了神。我直觉地感到这架美妙的机器损坏了什么主要机件。

"德莱利伐夫人?"我问他。

我以为德莱利伐夫人死了。

"是的。"他叹一口气答道,"……你不要急,我将全盘告诉你……是的,今天上完课,德莱利伐命仆人请我到他办公室去。他正在工作。'好吧,我的朋友,'他安安静静地说完之后,一句话也不多加,便授给我两封信(愚蠢的我,竟写了不独是感情的,且是无可辩白的信)。我不知嗫嚅着说些什么,大概总是颠颠倒倒的乱话。我丝毫不曾准备，我一向过着绝对安全的生活，这是你所知道的。他呢，他很安详，我却宛如待决的狱囚一般。

"当我的话说完之后，他弹了一下手里的卷烟灰（噢！勒诺……在这个休止时间，我虽然着急也还有击节叹赏的余暇。他真是一个大喜剧家）。他开始和我谈判'我们的'问题，他还用着一种公平的、轻描淡写的、洞达人情的态度。我不能向你描绘他的说辞，一切于我显得简单明白，深中事理。他和我说：'你爱我的女人，你写信给她。她也爱你，且我相信她对你的爱情是真挚的，深刻的。你一定知道我们以往的夫妇生活，你的爱情，她的爱情，都说不上是什么罪过。这倒更好，此刻我亦有我的理由想恢复自由，我绝不妨害你们的幸福……孩子们？你知道我只有儿子，我可把他们送入中学寄宿……放假的时候么？一切都会安排得好好的，小孩断不致受苦，也许正是相反呢。生活费么？丹兰士有一份薄薄的财产，你自己再挣钱度日……我只看到一桩阻碍，更准确地说是一个难题：我是一个场面上的人物，我的离婚将闹得满城风雨。为要尽量抑捺这件案子所引起的议论起见，我有求于你。我提议给你一条正当的体面的出路。我不愿我的女人在离婚诉讼期内留在巴黎，无意之中供给旁人笑话的资料。我请你离开此地,把她带走。我将通知你的校长,另外我设法把你任命为一个外省中学的教员……','可是先生,'我和他说,'我还不是一个硕士呢。''那么,这并非必需的。你可放心,我自信在教育部里还有相当的力量可以教它任命一个六年级的教员。而且什么也不妨害你继续预备硕士试验,明年仍可应考。那时我可使你得到一个较好的位置。最要紧的是切勿以为我在预备什么策略来陷害你……正是相反。你目前的处境很困难、很痛苦,我知道,我的朋友,我为你扼腕,我很明白这个。在这件纠纷中,我把你的利益当作我自己的利益一般想过,如果你接受我的条件,我将助你渡过难关……如果你拒绝,我将被迫使用合法的武器。'"

"合法的武器,"我问他,"这是什么意思?他将把你怎样呢?"

"喔!什么都可以……例如控我和奸。"

"愚蠢的举动!十六法郎的罚锾么?他岂不可笑?"

"是的,但像他那样的人可以阻断我整个的前程。抵抗无异是发疯,让步倒是……嘿!谁知道?"

"那么你已经接受了?"

"八天之内我和她动身,往吕克梭依(Luxeuil)中学去。"

"她同意么?"

"啊!"勒加第安说,"她真可佩服。我刚才从她那里回来。我和她说:'你不怕小城市的生活么?庸俗,烦闷?'她答道:'我和你同走,我只晓得这样做。'"

于是我懂得为何勒加第安这么容易让步,和情妇一起度着自由生活的美梦,已使他陶醉了。

那时我和他一样很年轻,认为这个突如其来的变化是无可奈何的结果,毫无斟酌的余地。以后当我稍稍懂得了些世故人情之后细细追想起来,才明白德莱利伐很乖巧地利用一个初出茅庐的青年,以轻微的损失拔去了他的眼中钉。他久已要摆脱一个他已经厌弃的妇人。他早想娶玛赛小姐,这是我们以后才知道的。他也知道她有过第一个情夫,但他迟疑着不敢下手,因为他和这个情敌在政治上有联络之必要,一旦揭破了奸情,势必妨害到自己的前途。为了政权,他只有隐忍着窥伺相当的机会。这一次却是再好也没有的机会了:一个被他声威慑服的青年,他的女人可以久离巴黎,如果她肯一直跟随她的情夫(而这是很可能的,因为他年轻,她又爱他);主角不在目前之后,舆论的鼓噪可以减到最低限度。他眼见是十拿九稳的局面，竟不费一丝气力的赢得了。

半月以后，勒加第安在我们的生活中销匿了。他有时写信来。这年的硕士试验，他没有来参加，下年也不见他的影子。这段堕落史所引起的议论慢慢地平息了。一张婚礼通知单报告他和德莱利伐夫人结婚了。从某同学那里我得知他已经得了硕士学位，从一个部督学那里得知他被任为B城中学的教员……那是大家追求得很厉害而他靠了"政治力量"才获得的好位置。以后我离开了大学，忘记了勒加第安。

去年，偶然旅行到B城，我怀着好奇心进到中学去，中学校舍是古修道院的旧址，是法国风景最美的中学之一。我向门房询问勒加第安的近况。这门房是一个诚恳的、爱说大话的人。他一定因为在学术空气里沉浸久了，老是翻着请假簿和留校学生名册之故，染着一副学究式的神气。

"勒加第安先生？"他说，"勒加第安先生属于本校教授团者已二十余年于兹，我们希望他在此一直等到他告老退休的年龄……如果你要见他，只要穿过大庭院，从左边的梯子走到小学生庭院,他一定在那里和女监舍谈话。"

"怎么?中学没有放假?"

"放假是放假的,但赛蒂默小姐答应在白天替本城里的家庭照顾几个孩子。校长先生很乐意地允准了,勒加第安先生便常来和她作伴。"

"哦,但他是结过婚的,勒加第安,是不是?"

"他结过婚的,先生。"门房用着埋怨的悲苦的声调说,"我们葬了勒加第安夫人才满一周年。"

"实在不错。"我心里想,她应该有七十岁左右了……这对夫妻的生活定是很古怪的。于是我又问道:

"她比丈夫年纪大得多,是么?"

"先生,这是我在这中学里看到的最奇怪的事。这位勒加第安夫人一下子就变老了……当他们刚到此地时,她还是,我一些也不夸张,还是一个娇滴滴的少女……金黄的头发,美丽的蔷薇色的肌肤,穿扮很讲究……而且很骄傲。你或许知道她的出身吧?"

"是,是,我知道。"

"那么,自然啰,一个国务总理夫人,在这外省中学里如何过得了……最初,她使我们有些不安。先生,我们这里的交际着实不少呢……校长先生常常说:'我要我的中学像一个家庭。'当他走进教室的时候,从不忘记说:'勒加第安先生,你的夫人好?'但我和你说过,最初勒加第安夫人不愿结交任何人,她不出去拜客,人家去拜她,她亦不回拜。许多先生们都向她的丈夫扮着怪脸。这是很易了解的。幸而勒加第安先生很会周旋,和那些太太们混熟了。他懂得取悦他人。现在他在城里做演讲时,全体贵族都到场,书吏、实业家、州长,一切的人物……而且什么都安排得很好。他的太太也变了样子,在最近一时期内,再没有比勒加第安夫人更可爱更妇孺皆知的人了。但她一下子变老了,老了……终于一场癌症送了她的命。"

"真的么?"我说,"……如果你允许,我想去找一找勒加第安先生。"

我穿过大院子,这是一个十五世纪时的古庭院,可惜四周的窗子开得太多了些,从窗里可以望到破旧的桌椅。左方一座有穹隆天顶的梯子引向下面一个较小的院落,周围满是瘦削的树木。梯子的下端立着两个人:一个男子背向着我,一个是身材高大的妇人,一副瘦骨嶙峋的脸相,一头油腻的乱发,方格的法兰绒坎肩被古式的腰带束得太紧了。这对人物似乎沉浸在热烈的谈话中。穹隆顶的甬道把谈话的回声直传到我耳边，使我清清楚楚回忆到高师宿舍平台上的说话声音，我只听见：

"是的，高尔乃伊（Corneille，高乃依）也许更有力，但拉西纳（Racine，拉辛）①更温柔。拉·勃吕伊哀说得好，一个是描绘人物的本来面目，一个是……"

和一个这样的女子讲这样平凡的话，这些话又是出于一个我少年时代的契友、一个对我思想上有过大影响的人，想到这里，我又是讶异又是难过。我在廊中急走了两步，想对那个说话的人看个仔细，希望不是他才好。他旋转头来，完全是一副意想不到的形象：花白的须，光秃的头，但这的确是勒加第安啊。他也立刻认得我，脸上露出烦恼的几乎是痛苦的表情，一霎时可又消灭了，换上笑容可掬的态度，但眉宇之间究竟掩不了勉强与为难的神色。

感动之余，我不愿在俗不可耐的女监舍前面提起往事，便马上邀请他午餐，和他约定于午时在一家饭店中相会。

---

① 以上两人皆为法国17世纪著名悲剧作家。

B 城中学前面，有一片满植栗树的场地，我在那里站立了好久，寻思道："人生的成功与失败到底是靠了什么？像勒加第安，生来便可成为大人物的，却对着一班班的中学生年年讲授老功课，假期中再去追求一个可笑的女人；而格兰，虽很聪明，究竟没有什么天才，他倒在实际生活中实现了勒加第安青年时的美梦。为什么？（我想要使勒加第安被任为巴黎的中学教员，还得去请格兰帮忙呢。）"

走向 B 城罗马式建筑的圣艾蒂安（Saint-Étienne）教堂时，我努力探求促成勒加第安颓废的原因："最初他一定不会如何改变的。还是同样的人、同样的头脑。以后怎么样呢？德莱利伐毫不放松地把他幽禁在外省，他实践了诺言，使他的教员位置很快地晋级，但不许他们到巴黎来……外省这地方，对于某几种人物是很适宜的……我自己觉得在外省很幸福。在罗昂（Rouen），我以前有几个教员，只因住在外省之故，头脑极清明，趣味极纯正，不染丝毫时俗谬误的习气。但如勒加第安那样的人却需要巴黎。一朝放逐之后，他爱慕权势的心情会使他去追求平庸的成功。一个才智之士而居留 B 城，真是痛苦的磨难。成为当地的政客么？你既非本地出身，自然难有希望。总之这是一件冗长的工作，城里早就有一般享有既得权的人，又有贵族，士大夫阶级，等等。像他那种的气质，很快会灰心的。一个单身的男子还可隐遁，还可埋头工作，但勒加第安有一个女人和他一起。她呢，在最初几个幸福的月之后，亦会后悔她漂亮的社交生活……勒加第安慢慢地让步，消沉，那是可想而知的。不久，她老了……他却血气方刚，肉欲未衰……学校里有少年女郎，有文学班……德莱利伐夫人撚酸的事情是免不了的……所谓人生，只有无聊的恼人的争辩……随后由于疾病，由于想忘怀一切的愿望，由于什么都习惯了之故，由于野心的相对性，他居然在小小的成功中感到满足，凡是他二十岁时觉得可笑的事情，此刻觉得是幸福了（例如当市参议员、追求女监舍等）……可是我的勒加第安，那个天才卓绝的青年，绝不致完全消失。在这颗头脑中，定还存留着多少痕迹，或许掩抑了一时，但究竟还可发掘出来……"

我参观了教堂，走到饭店，勒加第安已经在那里和饭店女主人谈天，一个臃肿矮小的妇人，梳着前刘海，他们的迂腐的谈话简直令我作呕。我赶快拉他到一张餐桌前面坐下。

一般心里怀着鬼胎恐怕提到难堪的隐喻的人，总是滔滔不绝地讲他自己的一套，这等情形你们大概也很熟悉吧。只要谈锋转到"禁忌的"题目上去时，立刻有一种不自然的激动表出他们的不安。他们所说的尽是空洞的废话，唯一的作用是避免意料之中的袭击。在我们用餐时，勒加第安一刻不停地运用他巧妙的辞令，无聊、平庸，甚至荒谬绝伦；他讲着 B 城，讲着中学、气候、市议会选举、女教员的阴谋诡计等等。

"喂，老朋友，这里，在第十级预备班中有一个年轻的女教员……"

为我，唯一使我感到兴趣的，将是知道这颗巨大的野心怎么会放弃，这个强毅的意志怎么会屈服，自他离开高师以后过的是何种感情生活。但我每次把话头带到那方面去时，他立刻说出一大阵不相干的糊涂话，把我们周围的空气都弄得昏沉暗晦了。当年德莱利伐发觉了他秘密的那夜，他那种令人出惊的失神的目光，此刻重复显现了。

午餐快要用毕，侍者端上乳饼时，我忍不住暴怒起来，眼睛盯着他，厉声说道："勒加第安，你究竟闹的什么玩意？……你往年可是一个聪明透顶的人……为何你现在讲起话来好像一部乱七八糟的文集那样？……你为什么要怕我？怕你自己？"

他脸红耳赤。一道意志之光，也许是愤怒之光，迅速地在他眼中闪过,几秒钟内我重新发现了我的勒加第安,史当达小说中的主角,巴尔扎克书中气概非凡的英雄。但立刻一副官样文章的面孔掩上了那张于思满颊的脸,笑嘻嘻地说道:

"怎么?……聪明?……这是什么意思?……你老是这么古怪的。"

接着他又和我谈论他们的校长。唉,巴尔扎克先生把他的人物收拾完了。

女优之像

……但我愿一死了却尘缘；
因为爱情亦要死灭。

——英国诗人邓

一

十八世纪中叶，英国乡间常有些流浪的戏班子，在旅店庭院里或谷仓里的硬地上扮演莎士比亚的戏剧，他们大都过着悲惨低微的生活。那时清教徒还很多，他们在村口张榜晓谕："本村严禁猴子、木偶、优伶入内。"他们大概如基督旧教的主教一样，指摘戏剧不该用迷人的形式来表现情欲。

然而这种告白毕竟是偶然之事,真正的尊严绝不会因外界的情形而减损分毫。劳琪·悭勃尔(Roger Kemble)先生虽是这些流浪剧团中的一个卑微的班主,却举止大方,端庄严肃,颇有大臣的气概。他的面貌尤其显得高贵:神采奕奕的眼睛上面生着一簇弯弯的眉毛,嘴巴小小的怪有样,鼻子更是生得美妙。一切都融和得很好……鼻子的线条挺直,又很简洁,一点也不破坏威严和谐的轮廓;至于微嫌太长太胖的鼻尖,却在脸上添加了多少强毅的与个性鲜明的表情。这鼻子是祖传的,微妙的,悭勃尔的朋友们都认为是一种可喜的象征。

悭勃尔夫人,和她的丈夫一样很美很有威仪。她的又有力又柔和的声音似乎生就配唱悲剧的,又经过一个名叫台米琪的教练,预定她可以扮演罗马时代的母亲与莎士比亚剧中的王后。某个晚上,她上演《亨利八世》[①],那出戏是以伊丽莎白女王(Élisabeth)的诞生为结局的,演完之后她分娩了一个女儿,全个戏班觉得仿佛亦诞生了一个公主。不论在城里或舞台上,悭勃尔夫妇素来有些王室的气概。

---

① 莎翁名剧之一。

女优之像

女儿莎拉（Sarah）秉受父母的美貌，他们用着严峻而贤明的态度教养她。母亲教她朗诵，把每个音母咬准，一部《圣经》背得烂熟。晚上，教她扮演几种小角色，如《狂风暴雨》(*Tempête*)①的阿里哀（Ariel）之类，又教她用剪烛钳子敲击烛台，随着剧情而摹仿磨轮的巨响或暴雨的声音。清早，街上的行人可在旅店窗口里看到一个美丽的孩子的脸庞埋在一册大书里，那是弥尔顿（Milton，1608—1674）②的《失乐园》③。这伟大的清教徒所描写的阴沉的场面，抒情的景色，使这个虔敬的天性爱好崇高的孩子入了魔。她反复吟诵撒旦（Satan）④在火海旁边召唤地狱里妖兵鬼将的那一段，她对那个被诅咒的美丽的天使感到一种温存的同情。

悭勃尔先生夫妇早就决意不令子女再当演员了。他们爱好体面，几乎爱好到心酸的地步，一般人轻视他们的职业使他们

---

① 莎翁名剧之一。
② 英国大诗人。
③ 弥氏名著。
④ 地狱中的魔王，新旧约中常有记述。

更加苦恼。悭勃尔先生是素奉旧教的,便把儿子送入法国杜哀(Douai)修院,要他将来当一个神甫。至于莎拉,他希望她的美貌可以使她嫁得一个富翁而避免舞台生活。

果然,她刚满十六岁,肩头还未丰腴的时候,一个地主的儿子听她的歌唱之后便动了情向她求婚。悭勃尔先生对于这个正中下怀的提议,满心欢喜地承应了。因为父亲的鼓励,女儿也容忍那个男子的殷勤献媚。但戏班里专扮情人的一个男角西邓斯(Siddons)先生,却因此大感痛苦了。

这是一个没有什么天才的演员,但和一切角儿一切人物一样,自以为非同小可。他抱着这种于他技术上当然具有的自满心,眼看一个温良贤淑的美女在身旁长大,借着共同工作的掩蔽,在尊敬的态度中亦追求着莎拉·悭勃尔。

眼见要失之交臂了,他鼓着勇气去见班主,说出胸中的积愫。悭勃尔先生尊严地回答说他的女儿永远不嫁一个戏子,且为万全起见,把大胆的求婚者辞退了。然而他是一个君子,把职业方面的惯例看得比个人的顾虑更重,他在被逐的爱人动身之前送了他一笔退职金。

这时节却发生了一件不快的事故。西邓斯演完戏后,要求上台与观众告别。他在袋里掏出一纸诗稿对众朗诵，叙述他爱情的不幸的结局。小城市里居民的感觉是爱受刺激的，大家报以热烈的采声。回到后台，悭勃尔夫人用她美丽有力的手打了他两巴掌，她痛恨一个动作错误咬音不准的青年。

至此为止，莎拉·悭勃尔对于这场以她自己为中心的冲突，表面上毫无偏袒，取着旁观的态度。她太年轻，不能有何坚决的欲求。但戏剧上传统的倾向已深深地印入她的心里，使她偏向不幸的情人。他受到的严厉的待遇感动了她，或者还把父母的行为引以为羞，她发誓非他不嫁了。父亲使她离开了若干时日的舞台的生活，把她安插在一个邻人家庭里当伴读。随后，他想想她终竟是悭勃尔家里的人。她端正妍丽的姿容，有如天仙一样，还有那悭勃尔家特有的鼻子，那意志坚强的象征。他怕她私下结婚。

"我虽禁止你嫁给一个戏子，"他和她说，"你不要违拗我，因为你要嫁的那个男人，连魔鬼也不能使他成为一个演员的。"

恋爱与牺牲

二

一年以后,西邓斯夫人的名字,在英国南部各郡已慢慢地有人知道。这样完满的姿色,在一个流浪戏班中是难得遇到的。举止的庄重,德性的浑厚,令人在赞叹之中带着敬意。接近过她的人都能描写出她勤劳的生活。上午,她洗濯衣服或是熨烫,预备丈夫的午饭,照料自己的孩子;下午,她演习新角色;晚上她登台,演完之后往往还要回去浣濯衣服。

她兼有中产者的德性与诗歌的天才,这一点很讨英国民众欢喜。依照那时小城市里的习惯,演员必得亲自到居民家里,挨户地邀请他们赏脸看他的戏。在这等情景中,西邓斯夫人老是受到热烈的款待。

"啊,"一般老戏迷和她说,"像你这样才具的女演员,不应该在外省流浪啊!"

可爱的莎拉·西邓斯的确也在这样想,她觉得自己虽然年轻,可是对于艺术已确有把握。"一切角色都是容易的,"她自己说,"只要记性好就是。"然而当她在某个晚上第一次研究《玛克倍斯夫人》(Lady Macbeth)①时,她回到卧室里幻想出神,她惶乱了。在她心目中,这剧中人的性格竟是不可思议的恶毒。她觉得自己做不来坏事情。她爱她的丈夫,爱她的孩子,爱上帝,爱父母,爱伙伴,爱那些稻草屋盖修剪得齐齐整整的英国村庄。她也爱她的工作,爱她的职业,爱她的舞台生活。因此,她所扮的玛克倍斯夫人②亦变成牧歌式的了。

某个晚上,在一座小小的温泉疗养城里,有名的交际花鲍丽(Boyle)小姐发现了西邓斯戏班,觉得初出场的女伶很有魅力。她去访问她,指点她,赠送衣衫给她。临行,她和西邓斯先生说他的妻应得到伦敦去,她答应和茄列克(Garrick)③去商量。茄氏在当时是名演员兼剧院经理,在戏剧界里有他应得的权威。西邓斯听到一个优秀人物赞美他的妻子非常高兴,因为鲍丽小姐的身份阶级足以保证她的趣味定是不错的。他把那些赞美的话再三

---

① 莎翁名剧。

② 玛克倍斯夫人(麦克白夫人)的性格是残忍的,剧中表现她犯罪后因忏悔而致的极度的痛苦。西邓斯夫人是一个温良的天真的少妇,故她不能了解剧中人的性格。详见后。

③ 18世纪英国名演员。

说给年轻的女演员听,她只继续做她的针线,心中满是惆怅。

"你瞧,"她喃喃地说,"大家都如此说,我应当到伦敦去。"

"是啊,"西邓斯沉思着答道,"我们应当到伦敦去。"

数星期中,她希望茄列克亲自来用车子接她,请她担任最好的角色。可是一些消息也没有。鲍丽小姐的诺言,显然如一般优秀人物的诺言一样,不过是随口说说的好话罢了。

"而且,"她丧气地想道,"即使鲍丽小姐和茄列克说了,对于他那样一个声势赫赫的人,多一个或少一个女演员又有什么关系?"

少年人在过度的信任之后,往往会变得过度的怀疑,有时以为世界的动力和他自己的愿望走得一样快,有时以为它简直不动。实际是它的动作非常稳实,只是很迟缓很神秘而已。且动作的后果,往往在我们连动作如何发生的缘由都已忘了的时候才显现。鲍丽小姐确曾向茄列克说过,茄列克听了也很注意。他手下出众的女演员固然不少,但她们的要求是和她们的才能同时并进的,因为她们渐渐难于驾驭之故,他意欲养成一批青年女伶的后备队,以便有什么老演员倔强不驯的时候作为替补之用。

几个月之后,一个专差到利物浦找到了西邓斯夫人,和她订了一季的合同。她等到一个女孩生下,身体恢复到可以旅行的时候,全家便搭了驿车上伦敦。轮子在碎石铺成的路上摇摇摆摆地滚着,美丽的少妇很快堕入甜蜜的幻想中去了。她才二十岁,就要到英国最大的舞台上,在旷绝古今的名演员旁边登场。她的幸福是可想而知了。

声名盖世的茄列克所统治的特罗·莱恩(Drury Lane)剧院,和西邓斯夫人素来认识的戏院大不相同。那里有一种严肃的情调。茄列克对演员们取着敬而远之的高傲的态度。在走廊里,谈话是低声的,约翰生博士(Dr.Johnson)[1]走过时,众演员都对他鞠躬行礼。

西邓斯夫人对于经理的接待十分满意。他说她光彩逼人,问她最爱哪几种角色,请她背诵一段台词。她选了"洛撒兰特"(Rosalinde)[2],她的丈夫先给她提了上一段的半句,她便接着

---

[1] 英国大批评家。
[2] 莎翁名剧《任从尊便》(*As You Like it*,现译《皆大欢喜》)中的主角。

念道:"爱情只是疯狂,应得如疯人一般把它幽闭在黑暗的牢狱里鞭笞,人们却尽它自由;因为这种疯狂是那么普遍,即是狱卒亦会爱恋。然而我……"

迷人的西邓斯夫人这样念着。茄列克却想道:"见鬼!见鬼!这些蠢货什么也没有。我的最平庸的后补女伶,年纪比她大了二十岁,美貌更是差得远……洛撒兰特!至少还缺一个当情夫的角色!唉,多么可惜!"

他恳切地谢了她,劝她首次登台还是扮演《弗尼市商人》[①]中的卜蒂阿(Portia),这个比较冷静的角色,只要善于说辞便可使年轻的生手对付得了。

下一天晚上,茄列克主演《李尔王》(*King Lear*)[②],他把自己的包厢让给西邓斯夫妇,演完戏后又请问他们有什么印象。茄列克虽然已经享了三十年的盛名,但对于第一次看到他演剧的人的惊异赞叹,还是极感兴趣。

西邓斯夫人简直迷乱到惊心动魄的地步。当那个可怕的老

---

① 莎翁名剧(现译《威尼斯商人》)。

② 莎翁名剧。

女优之像

人乱发纷披地念出那段诅咒的说白时,她看到全场的观众一致往后仰去,有如一阵风吹过麦田那样。

在后台,她惊讶地发现刚才扮演"痛苦"[1]的角色又已回复成短小精悍、倜傥风流的人物。看出她在沉默之中隐藏着惊愕之情,他觉得很高兴,说话也愈加起劲了。他脸上的线条有一种不可思议的变化。他改易脸色,有如捏塑面团一样容易。据说画家霍迦斯(Hogarth, 1697—1764,荷加斯)因为不能在斐亭(Fielding, 1707—1754,菲尔丁)[2]生前完成他的画像,就由茄列克代做了菲氏的模型。他稍加研究便把已故的文豪扮得逼真,使画家完全满意。那天,在围绕着西邓斯夫人的一群人前面,他突然扮起玛克倍斯王在杀人之后从邓肯室内走出来的情景;接着他又立刻变成一个糕饼铺里的学徒,头上顶着一只篮,嘴里嘘嘘作声地走着;接着他又忽然后退,在场的人都以为是老王的幽灵在丹麦哀尔斯奈的云雾中显现[3]。

---

[1] 指李尔王。
[2] 英国名小说家兼政论家。
[3] 此系《哈姆雷特》中的剧情。

"怎么?"西邓斯看得发呆了说,"没有布景……没有配角?……"

"朋友,"短小的大人物说,"如果你不能对一张桌子谈恋爱如对一个世界上最美的女人一般,你将永不会成为一个演员。"

这晚上,西邓斯夫人第一次懂得也许连她自己也不能算一个演员。以后几次的排演终竟使她着慌了。茄列克令大家把最细小的动作最轻微的语调都要用心思索。许多演员把剧中人物的性格记录下来。茄列克每次排演时总要把自己的笔记修改一下,好似一个大画家每次看到他的作品都要加上几笔一样。他主演的玛克倍斯又勇敢又颓丧,变化无穷,真是杰作。西邓斯夫人不曾下过这种功夫,没有这种能力。可是回想到周游各埠时所受的欢迎,大家对她美貌的赞赏时,她又勇敢地恢复了自信心。

一个无名女角初次登台的戏目《弗尼市商人》,公布出去了。观客看见台上走出一个脸色苍白的卜蒂阿,穿着一件不入时的肉色袍子,浑身抖战,几乎走不成路。台词一开始便是极高的声调,脱了板。每句之末,声音直落下去,又如喁语一样。

翌日各报的批评都很严厉。毫不假借的西邓斯先生老老实实地把评论念给妻子听。她在自己班子里原是丈夫的敌手，故他有意捉她的错儿。然而西邓斯夫人不承认她的失败果是如何严重。她那么热情，那么信赖自己，再也不肯气馁。她窥探着观客的目光，希望发现多少赞美她的表情，即是平平常常的赞美也好，并且人们对于这样一个秀色可餐的人物，也颇想谀扬她一下。但她实在演得太坏，大众的目光移向别处去了。

一季终了的时候，她的契约没有继续。茄列克和她告别时勉励她不要丧气。"留神你的手臂，"他还说，"在悲剧中，一个动作永远不该从肘子上出发的。"

三

"成功无望，失败来临。"西邓斯夫人在伦敦只逗留了六个月，但她离开时已经变过了。来的时候，她是无忧无虑的，光荣的；去的时候，她是热情的，屈服的了。她禁不住怀恨那些美丽而嫉妒的敌手。在忠诚的朋友面前，她会叙述特罗·莱恩三大名角怎样排挤她，怎样的要掩抑她的才能，茄列克又是怎样的于无意之中助成她们的阴谋。那些聊以解嘲的理由，她亦明白是不成立的，但她要获得友好的舆论的谅解以安慰她的自尊心，在她心里，她明白自己的失败是咎有应得。对于一个头脑清明的人，只要看到完满的表演便能辨别好坏。西邓斯夫人虽然瞧不起那些女人，却也叹赏她们演出的技巧、举止的妩媚、服装的美妙。她知道这一切都得建设起来。她想："我一定建设起来。"

不论她失败到什么地步，终不致使她再到乡间的谷仓硬地上去演戏的了。特罗·莱恩剧院中的败迹，在孟却斯特（Manchester,曼彻斯特）已是一个光荣的头衔。大家很高兴在外省各大戏院中鉴赏西邓斯夫人。即是她的丈夫也能插足其间，扮演着老天爷恰恰按照他的才能配就的角色。

不久，西邓斯夫人的弟弟，约翰·悭勃尔（John Kemble）亦投奔来了。他从杜哀修院逃归，因为觉得自己演戏的天才远过于传道的天才。他的长老们命他在用餐时间朗读圣徒行述，他那悭勃尔家美妙的嗓音，不知不觉地唤醒了他遗传的趣味。在教堂里听讲道时禁不住喃喃地说："怎样的角色！"他想到这层，不得不承认自己的天禀定在另一方面了。在修院里所度的几年岁月，使他学了拉丁文、古代史与宗教史，也学会了上流人物的仪态。

西邓斯夫人和她的弟弟一同研习剧中人物,很快乐,也很得益。他教她读史。于是剧本的文字变得生动了,周围也展开了整个新鲜美妙的背景。她在自己的情操与回忆中发现不少崭新的宝贵的材料,非常惊异。她的野心已经幻灭,对于懦弱的西邓斯有些鄙视,更怀着苛求的强烈的母性:这样改变过了之后,她自然不难扮演"玛克倍斯夫人"这角色了。似乎悲剧的幽灵,喝着牺牲的黑血恢复了他的力量与言语。

成功原是一个忠实的伴侣,紧随着西邓斯夫人的进步而来。在她逗留过的许多城市中,有种种关于她的传说。大家说她到处带着她美丽的孩子,虽然她的足胫生得十分美满,但因她素来重视端庄的缘故,演戏时的化装总用一方大巾裹着两腿——大家正爱天仙般的容貌与神圣的贞洁会合一处。观剧的乐趣因了女演员的私德而升华了,约翰的声音中所保有的教会情调,更加令人获得快慰的美感。

种种快意的奇遇,使这勤勉朴素的生活添了不少生趣。许多城中,朋友们都急切盼望他们来到。那时还有不少富有风趣的乡村旅店,如特淮士(Devizes)地方的黑熊旅店便是。店主洛朗斯(Lawrence)手里挟着一本莎士比亚的集子招待客人,在领他们选择卧室之前,定要为他们念一段诗,或是叫儿子汤姆斯(Thomas)替来宾画一个侧影,他只有十岁,但已很能抓握各人的特点了。他曾为西邓斯夫人画过几张优美的铅笔画,她很欢喜看到他,他也常常问他的父亲,"最美的夫人"几时来。

不久,西邓斯夫人声名鹊噪,甚至倍斯城(Bath)也来礼聘她。这个明秀的温泉疗养城,当时住满了英国的名流。在那边戏院里成名的地方角儿,可以借重当地居民的声望,很快成为全国的名角。最初几天,西邓斯夫人生怕会重演伦敦的故事。喜剧中的好角色早被戏院中根深蒂固的演员占去了,剩下的只有悲剧,在最不卖座的星期四上演,因为当地的习惯,那天是参加化装舞会去的。

但数星期后,倍斯城平静的历史上发生了一件重要的事故,好似伦敦换了一个新政府那样,原来流行的风气转变了:星期四去看西邓斯夫人演莎士比亚成了上流人物的习惯。同时节,青年画家汤姆斯·洛朗斯也到倍斯城来追寻财富与光荣,请他替自己亲爱的人画像也算是一桩漂亮事情。

他慢慢地靠了美貌与才能挣得了金钱与荣名。凡是早熟的魅力与缺点，他在十二岁上已经具备了。他的素描家手腕，色彩家的天禀，可说是一件灵迹。

整个城市在叹赏这青年，而他，他却在叹赏西邓斯夫人。他怀着温柔的模糊的情操，白天到她家里去，晚上到她戏院的包厢里去。在他用轻灵的笔触描绘过的多少女像之中，唯有西邓斯夫人的面貌是他真正爱好的。他爱温柔的体态、光彩照人的眼睛、精练简洁的线条，他爱这些甚于世界上的一切，他并以为这都是西邓斯夫人所独有的。西邓斯夫人也愈益艳丽了，从前微嫌纤弱的身躯此刻长着结实的肉，身上的线条变得格外柔和丰满了。洛朗斯对她尽看不厌。在戏院里，他爱在她裙边厮磨，呼吸着她浓郁的香气。端庄的西邓斯夫人用着母性的爱娇的态度，听任这早慧的儿童在身旁厮混，沐浴着她娇艳的光芒。

她在此过了几年快乐的岁月，交结了不少优秀的朋友，他们对她十分忠诚，用着很了解的心理注意着她的努力。女儿们渐渐长大，颇有如母亲同样美丽的希望。西邓斯先生不再演戏了，替妻子管理事务，在朋友中间喝过了饭前的开胃酒以后，偶然也要评论她的艺术，语气之中一半是关切的赞美一半是严正酷烈的批判。

但是荣名震动了社会,伦敦在召唤。她为了顾虑全家庭的前途,她不能放过太好的机会。观客对她依依不舍的情景真是动人,她不得不拥着三个孩子重新登台致谢,这告别的一幕充满着庄严凄恻的情绪。在众人中间,年轻的洛朗斯尤其难过,发愿也要上伦敦去,愈早愈好。

四

这次的旧地重游,虽然与第一次来时的情景完全不同,特罗·莱恩剧院仍是使她害怕。她自问她的声音能否充塞这巨大的剧场,后悔不该离开那大众一致爱戴她的倍斯城。日期愈近,她恐慌愈甚,到了那天,在赴剧院之前,她祷告了很久。她特地请她的老父从外省赶来,一直陪她到更衣室。她穿装时保守着那样深沉的静默,那样悲怆的镇定,以致服侍她穿扮的女仆也觉骇然。

就在第一幕上,观众的掌声和眼睛使她安心了。她的晶莹的大眼睛,垂垂下堕的浓厚的长睫毛,轮廓匀正的面颊与下颚,丰腴饱满的蟠颈,使男人们鉴赏不止。"瞧啊,"有人说,"这是我从未见到的人类最美的模型。"她的完美的艺术也一样令人叹服。一种温婉的热情占据了全部观客的心。数小时内，大众的心灵沉浸于惊奇赞美的欢悦中，远离了一切庸俗卑下的情操：真是神圣之夜啊！

回到家里，已是精疲力乏了。她的快乐与感激的程度使她无从启口也无从下泪。她谢了上帝，然后和她的老父与丈夫享用一餐菲薄的晚饭。席间大家默不作声。西邓斯先生偶然发出一两声欢乐的表辞，悭勃尔老人有时放下刀叉，用着美丽的演剧的姿势，身子一仰，把雪白的头发往后掠去，合着手垂泪。随后大家道了晚安分别了。西邓斯夫人，经过了一小时的思索和谢神的祈祷之后，沉入甜蜜的美梦中去了，一直酣睡到翌日晌午。

连续的几场公演，使一般识者确认这新演员具有一切艺术上必具的天才。

如在倍斯城一样，看年轻的女演员的悲剧而痛哭流涕，成了伦敦的风气。自从这个习惯风行以后，四十年来没有哭过的眼睛也突然涌出真情的热泪。英王与英后看着人民悲欢交集的情景而哭了；反对党在池子里流泪；怀疑主义者希拉邓（Sheridan,

125

1751—1816，谢里丹）[①]擦着眼睛；即是戏院里面的人亦不禁为之动情。两个年老的喜剧演员互相问道："亲爱的朋友，我的脸和你的一样苍白么？"凡是没有泪水的眼睛，便给人瞧不起。

一般交际场中的人物自然而然怀着极大的好奇心，期望从近处去看一看这个突然在他们心中占据着重要地位的人物。她却谢绝应酬，只以研究剧中人物和体味家庭生活为乐。偶然却不过情面而出去时，便看到客厅里一大群不相识的人包围着她的坐处，她呢？差不多老是一声不响地抱着沉思的态度。

王室宠赐她隆重的接待。以放浪著名的威尔斯亲王对她也很尊重。谁都会一望而知地懂得，用热情去追逐这样极有自主力的女子是徒然的。"西邓斯夫人么？"一个素好冶游的人说，"我想还不如去和康德蒲里（Canterbury，坎特伯雷）的主教去谈爱情的好。"爱情，的确是她从未想到的问题。她虽然早已把西邓斯先生放逐于她的感情生活之外，却也不觉得需要觅人替代他。除了戏院和她担任的角色以外，唯有孩子与饮食才是她关心的两件大事。她常用感动的声调讲起兰福特地方（Langford）的黑面

[①] 英国著名剧作家。

包与倍斯城独有的一种火腿。某次她到爱丁堡去演戏，获得极大的成功，当地的市长请她吃饭，席间问她觉得牛肉是否太咸，她用着最悲壮的声音答道："我永远不会觉得太咸的，市长！"她又用恰配"玛克倍斯夫人"身份的音调，向侍者念出两句随口诌成的诗："我原说是大麦水，侍者，你却拿了水来。"

她在日常生活中常常自然而然地运用这种庄严的语气，但她的敌人们不愿指出她这种诙谐的地方。西邓斯先生欢喜说：

她艳若桃李的姿容使人眼花缭乱，
她冷若冰霜的态度令人喜惧参半。

其实这种说法是不公平的。他的妻子对于她选中的朋友具有真挚的率直的热情。以后几年中，她声名日盛，结识了英国当时所有的优秀人物。画家莱诺支（Reynolds，1723—1792，雷诺兹），政治家勃克（Burke，1730—1797，柏克）、福克斯（Fox，1759—1806），还有那可怕的约翰生博士，都因了她忠诚的友谊与尊严的生活而敬爱她。当人家想起她冷若冰霜的态度时，总微笑着说："这是因为她把一切感觉的力量都集中于她的艺术之故。"

这种评语只说准了一半。因为她为母的心肠更甚于做艺术家的志愿。她对于子女的爱,表面上虽不怎样热烈,也没有怎样的感伤色彩,但确是她主要的生命线。

靠了她的力量,女儿莎丽与玛丽亚过了一个快乐的童年。她们觉得被一种强盛的威力包围着,她们莫名其妙地接受了。喜剧家、文人、王公贵胄,送礼物给她们。年轻的洛朗斯也从倍斯城来到伦敦,成为她们亲密的客人中的一员。

他出落得俊俏非常。他的模特儿,那些美丽的女人,在作画的时光欢喜看他垂在匀正的脸上的棕色长发。她们亦欢喜听他装着神秘的腔调说废话,他的议论格外亲切动听,给她们消愁解闷。他非常温和,会用世界上最美的谀辞恭维妇女;他已有了不少艳史,挣了不少的钱,花费尤其可观。贤慧端庄、贞淑虔敬的西邓斯夫人对他非常宽容。也许因为他永远幽密地崇拜她的美艳,故她不知不觉地感激他。看见他或是听到人家提起他的时候,她便想到幼年时引为奇异的弥尔顿诗中失宠的天使①。

男人们却并不这样宽容。多数人士责备洛朗斯过于周纳的

---

① 指堕落的天使,即撒旦,详见前。

举止与过分的礼貌，不免有些暴发户气派。天性冷淡的英国绅士，觉得永远挂在脸上的笑容非常可厌。他们说："他从来不能正正经经的连续到三小时以上。"他所作的完满的肖像，和他的为人也没有什么两样。有如那些早熟的美女，在不曾懂得感觉之前便谈恋爱，以致变成颓丧的危险的轻狂妇人那样，这神童也用他的艺术轻狂起来。他在未有表现内容之前，先已懂得怎样玩弄他的表现方法。一般人士因为在他那么幼小的年纪有了那么可惊的成绩，故只期望他搬弄纯属于外形方面的手段。这儿童画家亦太忙于制作了，没有学习人生的余暇。他的巧妙的手腕，不久便消耗于无用之地，即是他的性格也变得畸形了。轻易获得的名利，使他的热情来不及经过心灵的深刻的洗练，一种极度的骄傲，在内心中僭越了热情的地位。

那时候，洛朗斯年纪还轻，人家也看不到这等深刻的作用。但当女人们眉飞色舞地赞美他粉笔画的神韵时，多少老鉴赏家禁不住要喃喃地说："他只描绘躯壳罢了。"

他差不多一有空暇便到西邓斯家厮混，他成了两个女孩子的良伴。他为她们讲故事，画速写。无微不至的亲切，正迎合了女孩家的自尊心。她们想："真是，世界上再没有比洛朗斯先生更可爱的人了。"

一七九〇年,约翰·悭勃尔因为对于他早年所受的法国教育留有很好的印象,故怂恿把莎丽姐妹送到加莱(Calais)去完成她们的学业。有些悲观的人说法国正闹着革命,但西邓斯夫人所认识的外交家们,却说这些政治运动是无关重要的。

五

第一批法国人的头颅落地了,特别熟悉外国情形的英国人告诉她们,说法国人儿戏般的骚动颇有演为流血惨剧的可能。于是西邓斯夫妇渡海去把女儿领了回来。在巴黎经历着米拉博(Mirabeau)与劳白比哀(Robespierre,罗伯斯庇尔)[①]那般领袖们统治的期间,这些女孩子亦长大成人了。

莎丽(Sally),十八岁,已经承受了母亲遗传给她的美,

———

① 两人皆为法国大革命时政治家。

匀称的线条,悭勃尔家特有的鼻子,褐色的绒样的眼睛,尤其是使西邓斯夫人特别动人的那种又坚决又温柔的神气,莎丽也同样地秉受了。玛丽亚(Maria),十四岁,还有些粗犷之气,但她的眼睛却是美妙无比,性情也异常地活泼。姐妹俩身体很娇弱,父系血统中有过不少的肺痨病者,因此母亲老是替她们担心。

她们回来看见家里依旧是高朋满座,洛朗斯马上来访问她们。莎丽的美貌把他迷住了,简练的线条与完美的轮廓原是他心爱的,西邓斯夫人二十岁时他便为了这些颠倒过来,此时又在莎丽身上重新发现了。他常常出神地望着她,可以消磨整个黄昏。她也觉得往日对他的敬爱之情重复苏醒了。一俟他向她求婚时,她立即快乐地应允下来。这是一个严肃的善心的女郎,爽直的脾气不喜欢如那些世俗的女子般装出欲迎故拒的样子。

西邓斯夫人对于儿女素来当作知己的朋友一般看待,洛朗斯的请求与莎丽的答复,她过了一天便已知道。她感到一种自然而然的不安的情操。她认识洛朗斯已有十年,知道他脾气的暴戾与变化无常。一个天才在人生中常常获得唯暴君方能获得的宽容,人家原恕他的使性,什么规律也不能制伏他的怪癖,凡是做他的妻子或情妇的人,必得要有超人的忍耐性才行。在洛朗斯永远的笑容之下，掩藏不了他的自私与苛求的性格。

但西邓斯夫人把女儿的品性看得那么优越，认为即是这个难与的男子，她的女儿亦能对付得了。最深沉的严肃，最可爱的风趣，莎丽兼而有之。她的完满的德性，使她的母亲联想到莎士比亚剧中几个可爱的女子型，又是天真又是严肃。因此，她对于这件婚事原则上表示同意，但为了莎丽年事尚轻，并为试验洛朗斯的爱情是否稳实可靠起见，她要求他订婚时间必须长久，在若干时间内不令西邓斯先生知道。她已惯把女儿的事情当作自己的一般，不愿受丈夫的无聊的议论。

靠着西邓斯夫人的维护，未婚夫妇得以自由会见。他俩常在伦敦的各大公园散步。有时，莎丽也到画室里去，洛朗斯常以替她描绘各式各种的速写为乐。

一向与莎丽形影不离的玛丽亚，从此常常孤单了。她看着姐姐很幸福，引起心中一种莫名其妙的反应。姐姐的深沉质朴的性格，她比任何人都感得真切；她亦温柔地爱着她，但对于姐姐竟把她俩从童时起便深表敬爱的男子征服了这回事，不免含有几分妒意。几个月之内，她出人意外地换了一个样子，在她母亲与姐姐的充满的姿色旁边，她居然发明了一种犷野热烈的丰姿来惹人怜爱，而这些特点也许正是她母亲与姐姐所没有的。

一个少女在一种魅人的魔力从自己身上诞生出来的时候，确有说不出的陶醉之感。她从暗晦幼弱的童年突然转入成人的阶段，具有广大无比的魔力。在她身旁，最刚强的男子亦将心旌摇摇不能自主。她觉得只要一句话，一个动作便可使他们变色。这种征服男子的快感，待她一朝辨识之后，再也不肯放弃了。她并不像姐姐一般受着道德或宗教的束缚。她难得思想，她的动作颇像一头善于戏弄的动物。当母亲想和她谈什么正经的或高深的问题时，她会用一种撒娇的神气支开：她是轻佻的，迷人的，没有牺牲的勇气。

啊，她居然跃跃欲试地想用她的魔力向洛朗斯进攻了！在有些极细微的标记上面，她认为洛朗斯是不难觉察她的魔力的。莎丽也太大意，把自己对于洛朗斯的爱情表露得太显明了，但这可怕的男子只要没有什么阻碍需要他战胜时便不耐烦。她答应他的亲吻已经成了习惯，觉得腻了。这艺术家，女性美的热烈的崇拜者，常爱窥测少女的脸容，从精微幽密的动作上参透她的心意，这种试探给予他一种甘美的乐趣。他渴想把这飘忽的细腻的爱娇在画布上勾勒下来。他常言他的野心是要描绘童贞的少女的红晕，但他说从没有一个画家获得成功。

他屡次要求他的未婚妻带玛丽亚同去散步,莎丽天真地答应了,玛丽亚暗暗欢喜地接受了。她率直的机巧使洛朗斯的好奇心大为兴奋。卖弄风情的能耐,莎丽是全然外行,于玛丽亚却是天生的本领。莎丽一朝用情之后,唯有祝祷爱人的幸福;玛丽亚却似和自己游戏那样,故意逗引人家试探,等到人家向她进攻时却又立刻拒绝,对于她自己挑拨起来的男子的举动,突然做出佯嗔假怒的神气。老于风月的洛朗斯,看到这种游戏便大大地激动了。莎丽的地位慢慢地被这些新角儿占去了,她变成宽容的天真的旁观者。爱神,这魔鬼般的神怪莫测的导演,已经取消了莎丽所担任的角色,但她只是不觉得。

不久,洛朗斯与玛丽亚不知不觉地情投意合了。在好些地方,他俩的趣味不约而同地很融洽,但和莎丽的意见格格不入。莎丽欢喜朴素的衣衫,欢喜平淡无奇落落大方的形式,洛朗斯与玛丽亚却不讨厌奇装异服,喜欢令人出惊。两人都爱豪华的生活、广博的交际、阔气的应酬;莎丽呢,只希望有一座小小的房子,照顾儿童,接待稀少的朋友。她也不大重视金钱,期望洛朗斯每年只作少数的肖像,只要是精品。玛丽亚却迎合这青年画家的天性,爱好作漂亮的肖像,画得快,赚得多。虽然莎丽生性沉默,提防着不使主要的事情受着风波,此刻也不免和未婚夫常常争执。玛丽亚,确切的计划固然是没有,但往往把谈话牵涉到于自己有利、于姐姐有害的题目上去。

洛朗斯变得烦躁易怒,非常暴戾。他有时对待莎丽很冷酷,他也随时后悔,责备自己,说:"真是,我疯了!她没有一些缺点。但我舍得失掉另外一个么?"他和所有与他同类的男子一样,对于一切女子都妒羡。因为他胸无定见想占有好几个女子,所以在二美之中更不知选择了。但他心中已有放弃莎丽的倾向,因为他觉得更能左右她。莎丽的爱情是经得起失恋的打击而不会破灭的,唯其如此,像洛朗斯那样的男子更加跃跃欲试地想负她了。

然而这些情绪还在渺渺茫茫酝酿之中,他亦不敢率尔承认。在他心地最好的时候,他批判自己非常严厉。在镜子前面,用他惯于猜度脸相的眼睛毫不姑息地望着自己。"是的,"他想,"在口与下颚上面确有坚决果敢的表情,但这坚决果敢并不基于理智,而是肉的,纯粹是兽性的产物。"站在这样客观的地位上,他颇想抑止自己的情欲。但男子对于这种功夫是不大高明的,被抑制的肉欲自会用种种化装的面目出现,决计瞒不过动了爱情的女人。

莎丽原是三个人中意志最坚定的一个,她因为沉默寡言之故,最先发觉这种局面的难于长久,最先发觉她的爱人爱上了她的妹妹。凄恻之余,她立刻退让了。"这是很自然的,"她想,"她比我美丽得多……生动得多可爱得多……我的严肃令人厌烦,我又不能而且不愿改变这种态度。"

每晚总是玛丽亚疲乏了先上床,莎丽在床前和她谈天。她们欢喜这样的长谈。在某次谈话终了时,莎丽温柔地问她,她是否确信不爱洛朗斯。玛丽亚脸色绯红,一时间目光也不敢对着莎丽了。她们中间再也不用别的解释。

莎丽告诉洛朗斯,说他尽可自由决定,那时他真诚地演了一幕喜剧,装作绝望的样子。他先是否认,终于招供了。她要他去见西邓斯夫人,向玛丽亚求婚。

六

当玛丽亚知道自己占了胜利的时候,她感到一种甘美的战胜的情操,她禁不住遇到镜子就跳舞、歌唱、微笑。至于莎丽的哀伤,她却是想到亦不觉怎样难过。"可怜的莎丽,"她心里想道,"她从未爱他。她还会有懂得爱情的一天么?她是那么冷酷,那么拘谨……"她又想:"而且这可怪得我么?我何曾有过拉拢洛朗斯的行为,我行我素,如是而已。难道要装出愚蠢的怪样子才对么?"

莎丽也在考察自己的行为与精神状态,自问道:"我怎么会舍得失去我比爱自己更甚的人?难道我真如玛丽亚所说的一般不能有热情么?可是,只要我能重获一小时,即使十分钟的洛朗斯的爱,那么我虽立刻死去,也将感到无上的快乐。为了他,我什么事情都可以做;我所以肯退让,第一是为成全洛朗斯的幸福,而这是玛丽亚所做不到的。我自信比她更加爱他。有如我的母亲一样,人家说她冷酷,我却知道她用了何等强烈何等深刻的爱来爱我们。"

有时,她亦埋怨自己早先在洛朗斯面前没有尽量表露她的爱,后来没有尽量表露她的痛苦。"然而,不,"她想道,"我是不能呻吟怨艾的。我的天性是逆来忍受,不作一声。一件事情到了木已成舟的地步,哭泣又有何用?"

两个新结合的爱人,对于这种突如其来的变化不知向西邓斯夫人怎样解释才好。莎丽自告奋勇,愿意代他们去申说,并且用了坚忍不屈谨慎周密的心思去执行她的使命。西邓斯夫人非常惊愕,同时又是非常不满。洛朗斯的反复无常,她久已识得,在此她更得到可怕的证据,这等男子将是怎样的一个丈夫呢?她答应莎丽的婚事,因为她确信莎丽能够顺从,在必要时能够忍受难堪,但一个使性的个性很强的女孩子和他一起时,又将变成什么样子?而且玛丽亚非常娇弱,她不断的咳嗽使医生们常常担心。把她嫁人是不是妥当的办法?但莎丽和她母亲说:

"幸福对于她的健康可以发生最好的影响。自从她知道了洛朗斯爱她之后,八天之中,她已完全变了,更快活,甚至更强健了些。"

"你们的父亲永远不会答应这件婚事的,"西邓斯夫人说,"你知道他何等希望他的女儿们获有相当的财产来保障生活。洛朗斯所负的债务已很可观,我是知道的;玛丽亚又不善于支配家庭的用度,他们将十分不幸。"

"洛朗斯先生可以埋头工作,"莎丽说,"大家都说他不久将是当代唯一的肖像画家。玛丽亚还很年轻,她慢慢地会谨慎的。"

她明白感到，她的责任是绝对不让投合自己热情的理由占胜，她甚至把心里明知是无懈可击的事理加以驳斥。这场辩论拖延了好几个星期，玛丽亚的健康受到影响了。她咳得更厉害，每晚都发烧，身体也瘦了。不安的情绪终于使西邓斯夫人让步了，她允许他们会面、通信、散步，且为不给西邓斯先生觉察起见，莎丽答应在一对未婚夫妇中间做传信者。

"幸运的玛丽亚！"她想道，"一个女子所能希望的最大的幸福，她已享到了。但愿，啊上帝，在此阻碍消除的时候，但愿洛朗斯的爱情不要像对我那样的消逝！他是一旦遂了欲望之后很易厌倦的啊！"

玛丽亚因为母亲让步所致的稍有起色的健康不能持久，医生从没相信这种感情的影响。脉搏令人担忧，"肺痨"这名词从医生口中流露出来了。莎丽请求大家什么也不给洛朗斯知道，怕他得悉爱人所处的险境而感受剧烈的痛苦。当医生认为玛丽亚必须留在室内的时候，洛朗斯得到每天去看她的许可。莎丽陪着她的妹妹，但仆人通报洛朗斯先生来到时她便引退，去坐在钢琴前面试奏她心爱的曲子。可是她的手指停着，沉入幻想中去了："啊！只要我有玛丽亚般的幸运，我真愿顺受她的疾病，危险或致命，我都不怕！"在这等绝望的情绪中，她觉得有一种奇特的纯粹的快乐。

几天之后，正当她照例引退的时候，洛朗斯请她留着，她迟疑了一会儿，因为洛朗斯的坚持，终究答应了。翌日他仍做同样的请求，稍后，更要她如往日一样地为他歌唱。她有天赋的曼妙的歌喉，也按着有名的情诗自己作谱。她唱完之后，洛朗斯坐在钢琴旁边尽自出神。等到玛丽亚向他说话时，他的头微微一震，好似从辽远的想象中惊醒过来一样，他随即向莎丽热烈讨论她新作的歌曲。这种情景使玛丽亚觉得诧异，她用微愠的神气想引他注意，但他并不理会。

于是她迅速地改变了，本来已经消瘦，此刻又有些虚肿，皮色也是黄黄的。她觉得她情人的目光中对她露出恼怒的神气。洛朗斯自己也不明白心中又有什么变化。他眼前看到的只是一个憔悴的病人，非复当初使他热恋的鲜艳的少女。爱一个丑的女子，于他是不可能的。每天的访问使他厌烦，简直当作一天的难关。玛丽亚整天闷在家里，一些也不知道伦敦社会上的新闻，而这却是时髦青年画家唯一的消遣。她明白看见他不似从前那样的殷勤了，恭维的好话也少说了，她暗自悲伤，而她抑郁的爱情愈加令人纳闷。如果没有莎丽在场,洛朗斯简直受不住这种委屈,或竟不来了。然而他不由自主受着她的吸引:她在他变心时表示毫不犹豫地退让,尤其是对付他的那种自然的态度,使这个惯于经受热情的男子大为惊异。在这冷静的外表下面,藏有一种他所不能了解的神秘。她还爱他么?他有时不免这样的猜疑,他立刻想重新征服她了。

他和玛丽亚的婚事获得西邓斯夫人同意之后六星期,他要求西邓斯夫人和他单独会见。"此刻我自己看清楚了,"他向她说,"实际是我一向只爱着莎丽。玛丽亚是一个孩子,她不懂得我,且亦永远不会懂得我。莎丽生就配做我的妻。我从童年起便惊叹你完美的面貌,和谐的品性,而这一切她都秉受了……我怎么会铸成这个大错的呢?你是一个艺术家,你应当懂得。你知道,我们这些人最易把兴之所至的妄念当作真实的意志般去实行,我们比任何人都更受意气的役使。我不敢和莎丽去说,得请你告诉她。如果我不能得到她,我也活不久的了。"

西邓斯夫人对于这桩新的变化万分惊异,责备洛朗斯不该玩弄两个娇弱的女孩子的情操,他这种好恶不常的任性足以损害她们的健康,甚至危及她们的生命。但因为他口口声声说要自杀,她不禁踌躇起来。无疑的，这种局势对她的刺激，远没有对一个普通母亲显得那样突兀。她已在戏剧中看惯最少有、最复杂的变故，她在现实的悲剧和她常在台上表演的悲剧中间简直分辨不清楚，职业养成了她的宽容心，使她接受了洛朗斯的请求。而且一般的喜剧告诉她，在恋爱事件上愈摈拒愈会激动热情。在她心目中，洛朗斯是理想的男子典型，他对她的敬爱与恭维使她感到无上的喜悦。对任何人都不能宽恕的行为，她可以宽恕这堕落的美丽的天使。经过了长久的迟疑之后，她终究应允去和女儿们说明。

玛丽亚受到打击时，比起莎丽来可完全两样了。她苦笑了一下，对于洛朗斯先生的变心说了几句讽刺的话，以后她便不提了。可怜的女孩子，脾气多高傲，她要隐藏她的痛苦。她只说希望永远不看见这个男子，并且问莎丽，她是否仍有见他的意思。

莎丽尽力安慰她。但莎丽得悉这惊人的消息时，也不能不有甜蜜的快感。无恒啊，懦弱啊，一霎时都忘掉了。她太爱他了，自会想出种种理由原谅洛朗斯的行为。不管她如何明智，她亦禁不住把自己的私愿当作真理，此刻亦轮到她相信玛丽亚从未爱他了。这种思念全因为激情使她盲目的缘故才有的，否则这次变卦对于弱妹所产生的迅速的影响，难道还不能使她明白玛丽亚受到怎样的创伤么？玛丽亚变得抑郁、悲观；她从前多少轻佻多少快活，而今只是慨叹人生虚浮、人事无常了。

"我想我活不多久了。"她说。

当她的母亲与医生劝慰她时，她答道：

"是的，这也许是错觉，也许是神经衰弱，但我总不能自已地这样想。并且这又有什么要紧？倒可以使我免去许多苦楚。我生性受不了苦，没有逆来顺受的勇气；我短短一生中的不幸，已够使我厌生求死了。"

洛朗斯定欲求见莎丽，莎丽写信给他说："你不能用严重的态度说要重来我家，玛丽亚和我都受不了。你想，虽然她不爱你，但看到你从前对于她的温存移赠他人时，她是不是要难堪？你能忍心这样做么？我能这样接受么？"

可是她虽然那样小心的不愿伤了妹子的自尊心，她毕竟热望要和洛朗斯相会。获得母亲同意之后，她秘密见了他一次。隔天，她买了一只戒指，整天戴在手上亲吻，随后送给洛朗斯，请求他保存着和他的爱情一样长久。

他们恢复了往日的习惯，在拂晓或黄昏相遇，同往公园散步。她也到他画室里去，把她在最近一次分离中所作的歌曲唱给他听。

当他赞美她的歌喉日益婉转圆润时,她说:"你以为我不认识你时也会这样的作谱度曲么?你生存在我心坎中,在我脑海中,在我每缕思念中,但你那时不爱我……可是这一切都已忘了。"

但玛丽亚,在空气恶浊的卧室中一天一天憔悴下去。春天来了,阳光在病榻周围慢慢移动。她站在窗前,羡慕那些踯躅街头的小乞丐。"这时候,"她说,"除我以外似乎一切都在光明中再生了。啊!如果我能到外面去,受着料峭的春风吹拂,就是只有一小时的时光,我也将回复我的本来。我实在再没别的希冀了。"

几个月之前何等爱玩的女郎,变得如是凄楚悲苦,使西邓斯夫人大为惊惶。她不能把心中怕要临到的惨祸明白说出,她尽自烦躁不安,胸中的愁虑既不能和西邓斯先生商量(因为一切都瞒着他),也不能和莎丽说(因为不愿破坏她的幸福)。在这种情景之下,她唯有在热心研究剧中人物时得到少许安宁。

那时正在上演一出从德文翻译过来的剧本,是高兹蒲(Kotzbue, 1761—1819,科策布)[①]的《外人》(*L'Etranger*),

---

① 德国剧作家,反对浪漫主义最力。

讲一个丈夫宽恕妻子不贞的故事。剧中的大胆与新颖之处引起不少批评。如果这种宽容可以赞成的话,维持一切基督教国家家庭生活的第七诫①将被置于何地?但西邓斯夫人把这个角色表演得那么贞洁,令人不得不表同情,她也很欢喜这人物,因为她可以借此痛哭,在舞台上所流的眼泪能够给她极大的安慰。

七

夏天来了。玛丽亚不住地咳嗽,愈加委顿。不幸的遭遇把她磨炼得温和胆怯了。她常常要求莎丽唱歌给她听,听到这清澈的声音时她觉得更凄凉更宁静了。她什么人也不愿看见,尤其是男子。"我要安静和健康,我更无别的希望。"

天气渐热,医生的意思要送她到海滨去。西邓斯夫人为剧院羁留着不能陪她同往,但她在克利夫顿(Clifton)那小城里,

---

① 上帝十诫中第七诫系不可窃盗。但细按此处所引,当系第六诫不可奸淫之意,不知是否原作者笔误。

有一个十分亲密的老友，名叫潘尼顿（Pennington）夫人，答应负责看护玛丽亚。

潘尼顿夫人与西邓斯夫人通起信来，开首总写"亲爱的灵魂"。这种称呼对于西邓斯夫人是毫无作用的，潘尼顿夫人这样称呼她，故她亦同样答称罢了。但潘夫人意识中自以为是一颗灵魂。她待人非常忠诚，常以自己的善行暗中得意。她照顾朋友的事务所用的热情，感动她自己更甚于感动他人。她最爱听别人的忏悔。她所写的情文并茂的书信，在寄出之前必要击节叹赏地重读几遍。

西邓斯夫人把玛丽亚托付给她时，把女儿失恋的故事告诉了她，这种事迹正是激动潘尼顿夫人使她入魔的好材料。参与别人的家庭悲剧是她最大的快乐，是表现她那么高贵的灵魂的好机会。

玛丽亚动身时很快活，一个年轻的女友和她告别，说："你到克利夫顿去定会有意外的奇遇。"她立刻用厌恶的态度答道："喔！我痛恨这个字。这是恶意的玩笑。"她亲抱她的姐姐，含着无限的温情，对她注视了长久，好似要在她的脸上窥探什么秘密一般。

善心的潘尼顿夫人想尽方法排遣病人的愁虑,她陪她乘车游览,用她最美的言辞描写海景、天空与田野。她替她朗诵流行的小说,甚至把她最美的信稿念给她听,这自然是特别亲切的表示。她竭尽忠诚照顾她。眼见这忧郁的美女一天一天委顿下去,真是说不出的怜惜。然而她也热望她的照拂获得酬报,她觉得如慈母一般的爱护与诚挚的感情,应当足以换取她心腹的倾吐了。可是玛丽亚什么也不和她说。她徒然用尽心计在会话中巧妙地逗她诱她,她只是支吾开去,把谈锋转向平淡的事情方面。

玛丽亚偶然吐露出一字一句,表示心中深刻的苦闷。例如潘尼顿夫人在伦敦报纸上念到一段新闻,有关她母亲演《外人》一剧所获的惊人的悲壮的成功时,她叹一口气说:"大家爱在戏院里流泪,好似现实的世界上催人眼泪的因子还嫌不够,岂非怪事?"

但若这善心的夫人想趁此慨叹的机会逗她倾诉时,她便借了其他的话头隐遁了。她并不拒绝谈起洛朗斯,她用着鄙视的态度描写他的性格,但言语之间毫无涉及他俩关系的隐喻。在她的谈话里可以看出她引为隐忧的事情倒并非是健康,她惯说她觉得死是一种解脱。在她的思想之中颇有些无法探测的隐秘。

恋爱与牺牲

　　潘尼顿夫人终究想出一种方法，以为必能打破玛丽亚的沉默，袪除她们中间那种不够亲密的隔阂。她选了一本希拉邓夫人（Mrs.Sheridan）著的小说念给她听。书中的主人翁是洛凡莱斯（Lovelace）①式的男人，同时追求他恩人的两个女儿，实际上他是一个也不爱。潘夫人这个计策是怪巧妙的。一个受着巨创的人，往往以为自己的苦楚是特殊的，故深深地掩藏着，有如一个羞人的伤口那样。但在别人那里发现有同样的情欲同样的悲苦时，他便觉得解放了，摆脱了。

　　玛丽亚听她念着这本小说，胸中渐渐激动起来。她身子前俯，眼睛水汪汪地支颐静听着，潘尼顿夫人暗中窥伺着她，等待她尽情倾吐的时刻来到。念到和玛丽亚自身所经历的最痛苦的一幕极肖似的一段时，她再也忍不住了："停止吧，夫人，我请求你，我支持不住了。这简直是我自己的故事。"

　　于是遏抑了那么长久的往事如潮水一般涌了出来。她叙述洛朗斯双重的遗弃，双重的欺骗；她说出对他的怀恨，末了，终竟使惊喜交集的潘尼顿夫人猜到了她引为隐忧的事情。她生怕她

----
① 《李却孙》小说中的人物，以放浪形骸著称。

148

的姐姐会嫁给洛朗斯。她说这种结合使她恐怖,因为她确信莎丽要是和这般恶毒这般虚伪的男子一起,一定是祸不旋踵的。

潘尼顿夫人从西邓斯夫人那里得悉了玛丽亚所不知道的事情,即莎丽与洛朗斯又如从前一样的相见了。因此,潘夫人劝玛丽亚让她的姐姐自由作主。"假使她嫁了他,"玛丽亚答道,"我苟延残喘的日子,亦将于绝望中消受的了。"

潘尼顿夫人看她这样蛮狠,不免激于同情,给西邓斯夫人写了一封美到极致的信,把经过情形告诉她,劝她要莎丽答应在她妹子患病期内绝不订约。"我的确看到,"她补充说,"在这不幸的孩子的情势中,有一种潜意识的悔恨与隐藏着的嫉妒,但她是那样的创巨痛深,我们应当明白她的心境方可批判她的行为。"

而且她觉得玛丽亚为着莎丽和如是使性的男子结合而担忧也很合理。在这等情景中,做母亲的可以而且应该施行必要的威权。

"亲爱的朋友,"西邓斯夫人在复信中写道,"你把可怜的病人分析如此深刻透彻、如此体贴入微、如此宽容慈爱,使我惊佩无已。是的,喔,最好的朋友,最可爱的女子,你已看到她的真面目,你也明白,要把对这可爱的妮子的责备与怜惜运用得恰如其分是不大容易的……莎丽身体好一些了,我很感谢你关怀她的幸福的建议。凡是可能做到的我都已做过了,即在没有你可爱的来信以前,我早就把我的疑虑与恐惧告诉了她。对于她,明智与温情不用遇事叮咛;她除了天真地把她的爱情向我倾诉之外,关于洛朗斯的可以非议的行为,她和你我同样明白,她并说即是丢开玛丽亚的问题不谈,她也觉得有许多严重的理由足以反对这件婚事。由是,你可以看到,为母的威权,即使我预备施展,在此亦将毫无用处。"

这封信递到时,可怜的玛丽亚的病正经历着险恶的时期,医生老实告诉潘尼顿夫人,说她是不久人世的了。西邓斯夫人为契约所羁,便由莎丽急急忙忙地赶来。离开伦敦之前,她请母亲转告洛朗斯,叫他放弃娶她的念头。她的那么明哲那么高尚的理由,使她的母亲大为赞叹:"我的温柔的天使,可佩的孩儿,我对你真是说不尽的叹服!"

西邓斯夫人把这个消息传给洛朗斯时,他如发疯一般地走了,临行还说人家可以看看他的热情将驱使他往哪儿去。西邓斯夫人以为他是得悉玛丽亚病危想起一半是他残忍的使性之过,以致因悔恨的痛苦而想自杀。"可怜虫。"她想,"是啊,要是他相信她由他而死,他的苦恼定然难于忍受。"

这时候,洛朗斯在王家书院陈列一幅表现《失乐园》的画,正是西邓斯夫人最爱的那一幕,"撒旦在火海旁边召唤妖兵鬼将"。最高明的批评家描写这件作品时说:"一个糖果师在火焰融融的糖渣中跳舞。"他们并不像西邓斯夫人般把洛朗斯当真,画中的鲁西弗(Lucifer)①实在倒像悭勃尔家的人,像约翰,像西邓斯夫人,像莎丽,像玛丽亚。画家的脑中显然充满了这一个家庭的类型。

他动身往克利夫顿去,住在旅馆里写信给潘尼顿夫人,信中充塞着激烈的情绪。他请求她向那可敬可爱的完满的人儿莎丽传一个信,他请求她监视莎丽勿使她对垂死的玛丽亚发什么庄严的诺言:"如果你是慷慨的,能够体贴别人的话(你也应当如此,因为有其才必有其德),你不但能原谅我,且能答应我的要求而帮助我。"

潘尼顿夫人最爱人家赞她的才能,于是她应允去见洛朗斯。

---

① 即撒旦。

八

一个人觉得自己做了英雄的时候总有一种极大的快感,而人家给他做英雄的机会尤其是甘美无比的乐趣。潘尼顿夫人赴洛朗斯的约会之前,心里已预备把莎丽做牺牲品了,她在迫近这场以别人的幸福为代价的战斗时,觉得兴奋非常。

洛朗斯如演剧一般开始谈话:如疯子一样的挥舞手足,大声讲话,他说如果不让他见到莎丽,他要死在门口。

"先生,"潘尼顿夫人冷冷地说,"我见过比你演得更好的喜剧,假使你要获得我的友谊,假使你要我在不损害我朋友的两个女儿的范围以内帮你忙,那么你的行为当更有理性,更加镇静。"

"镇静!"他合着双手,两眼望天地说,"这是一个女子和我讲的话么?唯有男子,一个俗不可耐的男子,才能在涉及爱情的事务上讲什么理性。是的,夫人,我疯了,但这是很自然的疯癫啊!我怕两个都要一齐丧失,因为除了莎丽,我世界上最爱的人是玛丽亚。"

"先生,"潘尼顿夫人说,"我在运用理性处理此种问题时,我一定显得非常男性非常庸俗,但我对于什么事情都惯有我自己的主意,这些恋爱与自杀的纠纷,我自会用我四十年的经验来评价。我很明白你理想中的女人应当是什么一种样子:天真的怯弱的,在你面前发抖。但莎丽虽然那么女性那么温柔,究竟不是这般人物。我和她时常谈起这些事情,她卓越的明智与无比的柔情,即如我这样极少女性气息的人也不禁要感动怜爱以致下泪。你的手段糟透了,先生,莎丽不是一个可用强暴与威胁来征服的女子。"

"你不觉得你忍心么,夫人?你和我说:'镇静些吧,因为没有人比得上你将丧失的女子!你得有自主力,因为她有无穷的魅力!你为何这般骚乱,既然什么也不能打动她的心?你的手段坏透了,因为她不怕强暴!'实在,夫人,我并未考虑采取什么手段以保持她对我的情爱。她走了,我追来了,在没有见到她之前我绝不离开此地的了。"

"我觉得,亲爱的先生,只要你真正愿意,你尽有方法统治你的痴情。"

洛朗斯叫着喊着,像有些孩子一样,时时从眼角里偷觑着,看看他的叫喊有没有发生影响。但他举目一望便更知走错了路子。

"亲爱的夫人,"他说,"我知道你是慈悲的——我是画家,惯于猜度人家的脸相。在你今天所扮的冷酷的面具之下,我窥见一副温柔的怜悯的眼睛。你看我怎样的爱莎丽,你得帮助我,帮助我们。"

"是啊,"潘尼顿夫人感动了说,"你是一个魔术大师,洛朗斯先生,我坦白承认你把我猜透了。我一生受到多少悲惨的教训,使我不得不把热烈的天性压捺下去,但这些教训只医好了我的头脑,我的心依旧很年轻。我看到你这样烦恼,不能不想要安慰你。"

说到这里,他们结了朋友。洛朗斯答应不见莎丽,即时离开克利夫顿。她也应允把经过情形随时报告他。

"玛丽亚对我怎样?"他问。

"玛丽亚么?她有时说:我对洛朗斯毫无恶念,我宽宥他。"

"莎丽还爱我么?这是我极想知道的。她悲哀之余对我又作何想?"

"她说她胸中满是悲痛的责任心,现在的情景不容她想到将来。我们时常谈起你,有时是叫你听了高兴的称赞,有时是惋惜你的天才被你癖性所累。我所能告诉你的尽于此了。"

她静默了一会儿又说："现在的情形把你与莎丽阻隔了，即是将来亦荆棘满途，但并非不可斩除。且按捺你的热情吧，洛朗斯先生，要努力隐忍，要保持庄重。这样，或许有一天你能消受你所爱的完美的人儿。"

她给他的一线希望却藏有悲剧的因素。在将来，唯有玛丽亚的死才能促成这对情侣的结合。洛朗斯也想到这层，他想道："唉！真是可怕，但亦是无法避免的：莎丽将因之痛苦，我自己也将难过。但我会很快的忘记，一切都可解决。"

他安安分分地离开了克利夫顿。潘尼顿夫人觉得打了一次胜仗，从此讲起洛朗斯时便常带着怜悯的长辈的口吻了。

她对洛朗斯暗示的变故，不幸真是无法避免了。玛丽亚咳嗽加剧，腿部浮肿；如白蜡一般的脸上，线条都变了。莎丽与潘尼顿夫人，竭力瞒着她，不给她知道病势的沉重。她们在垂死的病人周围维持着一种快乐的宽心的空气。莎丽为她唱着罕顿（Haydn，海顿）的名曲与英国的古调，潘尼顿夫人念书给她听，两个人莫名其妙地觉得非常幸福，享受着一种脆弱的暂时的可是十分纯粹的快乐。玛丽亚也很清明恬静，她的忧惧好似已经消灭。

当她偶然与姐姐谈起洛朗斯时，总称为"我们共同的敌人"。她对于音乐始终不觉厌倦。

光阴荏苒，白昼渐短；秋风在烟突里凄凉地呼啸，壁炉也开始生了火；大块的白云在窗前飘过。她觉得更沉重了。莎丽与潘尼顿夫人眼看她最后的美姿在无形的巨灵手掌下消失了。她常常揽镜自照。一天，她长久地注视了一会儿，说："我愿母亲到这里来。对她凝神瞩视是我一生最大的快乐，而这种幸福我是享不多久的了。"西邓斯夫人得了消息，立刻停止演剧，赶到克利夫顿。

她来到时，玛丽亚已不能饮食不能睡眠了。她的母亲陪了她两天两晚。西邓斯夫人美丽的面貌，即在剧烈的痛苦之中亦保持着极端的宁静，玛丽亚一见之下便觉减少了许多痛楚。第三晚的半夜里，西邓斯夫人困惫极了随便在床上躺着。到清早四时左右，玛丽亚突然骚乱不堪，要陪在身旁的潘尼顿夫人去请医生。医生来了，逗留了一小时光景。他走后，玛丽亚和潘夫人说她此刻已明白真实的病情，求她什么都不要隐瞒了。潘夫人承认医生确已绝望。玛丽亚温柔地谢了她的坦白，并且果敢地说："我觉得好多了，尤其是安静多了。"

她接着讲她的希望与恐惧:"我的恐惧是由于过度的虚荣心使我当初太重视自己的美貌。"但她又说她预期上帝的宽恕,她肉体所受的磨难(说到此地,她望望她纤弱可怜的手)也足以补赎她的罪行了吧。

随后她要求见她的姐姐。玛丽亚告诉她,说她如何眷恋她,如何爱她的善心,说她在此临死的辰光,唯一的牵挂是莎丽的幸福问题:"答应我,莎丽,永远不嫁洛朗斯。我一想到这个便受不了。"

"亲爱的玛丽亚,"莎丽说,"不要想那些使你激动的事情。"

"不,不,"玛丽亚坚持着说,"这一点也不使我激动,但必须把这件事情说妥了我才能得到永恒的安息。"

莎丽内心争战了很久,终于绝望地说道:"喔!这是不可能的!"

莎丽的意思是答应玛丽亚的请求是不可能的,但玛丽亚以为说嫁给洛朗斯是不可能的,于是她说:"我很幸福,我完全满意了。"

这时候,西邓斯夫人进来了。玛丽亚和她说,她已准备就死,并且以令人敬佩的口吻谈着她迫在眉睫的生命的转换。她问是否确知她还有多少时间的生命,她反复不已地说:"几点钟死?几点钟死?"随后她镇定了一下又说,"也许应当听诸天命,不该如此焦灼的。"

她表示要听临终的祈祷。西邓斯夫人拿起《圣经》,缓缓地虔诚地读着祷文,每个字音都念得清楚,潘尼顿夫人虽很激动,也不禁叹赏这祷词的音调有一种超人的庄严。

玛丽亚留神谛听着,祷告完了,她说:"母亲,那个男人和你说把我的信札全部毁掉了,但我不信他的说话,我求你去要回来。"她接着又说,"莎丽刚才答应我,说她永远、永远不嫁他的了,是不是,莎丽?"

莎丽跪在床边哭泣,说:"我没有答应,亲爱的人儿,但既然你一定要,我答应便是。"

于是,玛丽亚十分庄严地说:"谢谢,莎丽,亲爱的母亲,潘尼顿夫人,请你们作证。莎丽,把你的手给我。你发誓永不嫁他?母亲,潘尼顿夫人,把你们的手放在她的手里……你们懂得么?请你们作证……莎丽,愿你把这句诺言视作神圣的……神圣的……"

她停了一下,呼了一口气,又说:"愿你们纪念我,上帝祝福你们!"

于是,她从病倒以来久已不见的恬静的美艳,在她脸上重新显现了。她一直支撑了几小时,至此才又倒在枕上。她的母亲说:"亲爱的儿啊,此刻你脸上的表情竟有天仙的气息。"

玛丽亚微笑了,望望莎丽与潘尼顿夫人,看到她们都作如是想时,显得十分幸福。她命人把仆役一齐唤到床前,谢了他们的服侍与关切,请他们不要把她病中的烦躁与苛求放在心上,一小时以后,她死了,苍白的口唇中间浮着一副轻倩平静的笑容。

九

玛丽亚死后翌日,风息了。光明的太阳把一切照得灿烂夺目,显出欢欣的样子。莎丽觉得她妹妹轻飘纯洁的灵魂使这晴朗的秋日缓和了。死时的形象老是在她脑中盘旋不散。强迫允诺的誓言,她觉得不难遵守。世界上除了这段辛甜交集的回忆以外,什么也不存在了。她的身体困顿已极,一场剧烈的气喘症发作了。她的母亲奋不顾身地看护着她。

西邓斯夫人的痛苦是庄严的、单纯的、沉默的。守夜的劳苦,流泪的悲辛,丝毫不减她脸上清明的神采。她处理日常家务时依旧很细心很镇静。不深知她的人,看她当着这种患难而仍如此安详,大为怪异,因为她在舞台上是比任何人都更能为了幻想的苦难而痛苦啊。

她衷心的烦虑是要知道洛朗斯对于这个永远绝望的消息如何对付。她请求潘尼顿夫人写信给他,把玛丽亚弥留时的情景以及强迫要求而已答应了的诺言告诉他,请他忘记一切。她想这段悲怆的叙述足以使他取一种宽宏的态度。

潘尼顿夫人接受这可悲的使命时,感到一种阴沉的快意。征服一个反叛的天使而使之屈服是她一生最光荣的史迹。她施展出她伟大的艺术,草成一封坚决的信。她很有把握地寄出了。

两天之后,她收到下面一封短简、潦草的字迹有如疯人的手笔:

我的手在抖战,我的心可并不摇动;我想尽方法要得到她,你想她能够逃出我的掌握么?我老实告诉你,她或许会逃脱我,但将来的结局,哼,等着看吧。

你们大家串的好戏!

如果你把结构如是巧妙的情景讲给一个活人听,我将恨你入骨!

潘尼顿夫人读了好几遍才懂得"你们大家串的好戏"这一句。但他究竟是什么意思呢?是说三个女子幻想出这段许愿的故事来摆脱他么?他竟相信有这样的阴谋诡计么?"你们大家串的好戏!"这句子绝没有其他的意义可寻……潘尼顿夫人愈想愈气了。在这种时光,他对于他严重地伤害了的女子,也许竟是他送了性命的女子，毫无半句怜惜的话，岂非和魔鬼一样？"我将恨你入骨……"这种恐吓又有什么用意？他竟想到她家里来袭击她么？她尤其痛心的是，她流着泪写成的那封美妙的信竟博得这样犷野暴怒的回礼。这一天晚上，她对洛朗斯大为怀恨，而这愤恨对于洛朗斯并非毫无影响，将来我们可以看到。

她先把这通短简寄给西邓斯夫人，嘱咐她谨慎防范。应得通知西邓斯先生、约翰·悭勃尔和家庭中所有的男人，因为只有男子才有制伏一个疯人的力量。莎丽也不应该单独出门了，一个阴狠的男人是什么也阻拦不住的，更不知他究竟会闹到什么地步。

西邓斯夫人接到这封信时不禁微笑。她判断局势更镇静更优容。莎丽对于这种为了爱她之故所激起的狂妄，也不加深责。"当然他不应写这封激烈的信，对于可怜的玛丽亚的死一点不表哀伤，尤其不该，但他是在如醉如狂的时间内写的！只要我想起我当初发誓时的情绪，便可想象出他得悉这诺言时的感想。在我一生任何别的时间，我绝不能许下这种愿。"她写信给潘尼顿夫人陈述她的意见，回信却有些恼怒的口气："发疯么？绝对不是。只要一个人能够执笔写字，他是很明白自己的作为的。"

莎丽和母亲细细商量之下，都认为潘尼顿夫人所劝告的预防方法大半是不必要的。为何要通知那么冷酷的西邓斯先生和那么夸张的悭勃尔舅舅？他们的干预只会增加纠纷。西邓斯夫人似乎也想对洛朗斯加以抚慰。"或者，"她说，"应当告诉他说你永远不嫁别人？"但莎丽表示不愿。

可怜她对于自己真正的心情丝毫不能置疑。虽然洛朗斯缺点那么多，那么轻率，她究竟温柔地爱着他，要是她不受庄严的誓言约束，她定将回心转意地就他。"可是放心吧，"她和母亲说，"我认为这个诺言是神圣的，我将遵守；即使我有时不能统治我的情操（没有人能约束自己的情操，但总能负责自己的行为），我至少能够忠于我的诺言。"

说过之后，她知道这些言语更增加了诺言对她的束缚力，她后悔了。"我说些什么呢？为什么要说呢？为什么我要自己罗织我的苦难？"但她禁不住自己，她有时觉得自己是两个人，一个是有意志的，在说话的；一个是有欲望的，向前者抗争的。她自身中较优的部分强迫较次的部分接受那些坚决而残酷的主意。但两者之间究竟是哪个高明呢？

洛朗斯写了一封很有理性的信给她，他明白强项是无用的。她的复信很坚决，但并不严厉。"他的罪过是只因为爱我太甚。

163

这一次，他怎么不再变心了呢？""无论如何，这颗变化不定的心终究被我抓住了！"想到这里，她非常安慰。但她追忆到玛丽亚幸福的温和的目光时便觉得自己的责任绝对不容怀疑。

有一天，她走向窗前，突然发现洛朗斯站在对面的阶沿上仰望着她的卧室。她赶快后退，直到他望不到的地方。这时候，西邓斯夫人在隔室清理抽斗，叫莎丽过去，给她看一件从前玛丽亚的衣衫。那是一件从法国流行过来的希腊式的白衣。母女俩都想起当初穿过这件薄薄的衣服的魅人的肉体。她们互相拥抱。西邓斯夫人哼起她扮演康斯丹斯（Constance）角色时的两句美妙的诗：

一片凄凉充塞了我亡儿的卧房。
人面桃花，空留下美丽的衣衫使我哀伤……

莎丽回到卧室时，远远地向街上一瞥，洛朗斯已经不见了。

一

几个月中间,洛朗斯想法要接近莎丽,有时写信给她,有时托朋友传递消息。她始终拒绝与他见面。"不,"她说,"我觉得我不能冷酷地接待他,但又不愿用别种态度对他。"但她不住地想他,想象他们以往的长谈,他诉说的爱情,他的绝望,他的永矢不渝的忠诚!她可以这样整天幻想,眼望着落叶飘摇,薄云浮动。她觉得这是一种完满的幸福。

洛朗斯恳切的追求,不似以前频繁了。时光的流逝,恢复了单纯平静的状态。玛丽亚的形象依旧在脑中隐约动荡,圣洁的,缥缈的,在种种的思念与事物之间若隐若现。西邓斯夫人演着新角色。她在《量罪记》(Mesure pour Mesure)一剧中扮的伊撒白拉(Isabelle),公认为幽娴贞静,深切动人;她穿的黑白色的戏装,为全伦敦的妇女仿效。莎丽常去观剧,到几个女友家里走动走动。她不懂得在那么惨痛的事变之后的生活为何还能如是平静地继续下去。但她听到洛朗斯与玛丽亚的名字时便觉难过,倘在路上碰见一个类似洛朗斯般的人影时又不禁全身抖战。她心中是又想见他又怕见他。

到了春天,洛朗斯完全不来追逐她了。她惆怅不堪。

"你幸福么?"母亲问她。

"和你一起我总是幸福的。"她回答。

但她心中满是无穷的遗憾。

在患难中始终不渝的勇气,到了这消沉的情景中突然涣散了。发誓的那幕景象纠缠着她无法摆脱。她常常看到自己跪在床前握着那只惨白瘦削的手。"可怜的玛丽亚,"她想道,"她实在不该向我作这要求。她这举动是否为了我的幸福?其中有没有对我嫉妒对他怀恨的意思?"她回来回去地想着,觉得万分懊恼,她素来娇弱的身体磨折得更其衰败了。屡次发作的咳呛与窒息症把她的母亲骇坏了。

她的恋爱史此刻已被几个知友得悉了。洛朗斯毫无顾忌地到处诉说,泄露了这个秘密。许多朋友看她那么苦恼,都劝她不必过于重视那强迫的诺言。她有时也被这些说话打动了。她想她的一生,唯一的短短的一生,势必为了一句话而牺牲掉。她的妹妹,既经摆脱了一切肉体的羁绊,怎么还会妒忌呢?口头的约言会令人想起对方的存在与对方的要求。但若玛丽亚可爱的影子果真于冥冥之中在他们身旁徘徊的话,她除了祝祷她所爱的人幸福而外,还能有什么别的希求呢？

虽然她觉得这种推理难以驳斥,她仍有一种强烈的难以言喻的情操,以为她的责任是应当否认一切理由而遵守诺言。

有一天,她决意写信给潘尼顿夫人征询她的意见,因为她是誓约的证人与监视者。"她对于这一切将如何说法呢？"啊！莎丽真祝祷她的答复会鼓励她私心的愿望！

但潘尼顿夫人毫无哀怜的心肠。他人的责任,因为在我们眼里毫不受着情欲的障蔽,故差不多永远是明白确切无可置疑的。

"我们切勿误解善与恶的实在性,"她写道,"既然莎丽对她妹妹所发的诺言是自愿的,自应与生人之间的誓约有同等的束缚力。只要不是手枪摆在喉头,绝无所谓强迫的诺言。她妹子的请求,固然攸关她一生的命运,但莎丽尽可保持缄默,或竟加以拒绝。那时对于玛丽亚,即是烦恼亦不过是数小时的事。当莎丽给她满意的答复时,当然是出之自愿。在真理上道义上,她应当忍受一切后果。而且她也极应感谢她的妹子,因为她一定由于神明的启示把莎丽从必不可免的祸变中拯救了出来。在玛丽亚已经从一切人类弱点中超拔升华出来的时候,为何还要把她这个请求认为出之于怯弱与卑下的愤恨之情呢？据我看来，这倒是她最后几小时灵光普照的表现。"

于是莎丽表示隐忍了。但若洛朗斯这时候再来趋就她，或在两人偶尔相遇，或者他能对她说几句热烈的话，她仍会情不自禁地依从他的。然而洛朗斯竟不回头。外面传说他快要结婚了，后来又说他倾倒当时的交际花琪宁斯（Jennings）小姐。

莎丽颇想见一见这个女子，有天晚上人家在戏院里指点她见到了。她的脸相很端正体面，显得相当愚蠢。洛朗斯走来坐在她身旁，颇有兴奋与快乐的神气。莎丽一见到他们便如触电般震动了，不知不觉脸红起来。走出戏院时，在走廊里遇见了她以前的未婚夫，他向她微微点首行礼，很规矩很冷淡，她立刻懂得他已不爱她了。至此为止，她一向希望他虽然对她断念，但仍保持着一种尊敬的、热情的叹赏态度。这一次的相见，使她不敢再存这种奢望了。

从此她完全变了样子，表面上相当快乐，一心沉溺着浮华的享乐，但只是一天一天地憔悴下去。她不愿歌唱了，她说："我以前只为两个人歌唱。一个已经死了，一个把我忘了。"

韶光容易，又到秋天。西风在烟突里呼啸，令人想起玛丽亚弥留时柔和的呻吟。绚烂的太阳尽自继续它光明的途程。

西邓斯夫人瞒着莎丽已和洛朗斯恢复了正常的交际。她需用一种惯由洛朗斯供给的洋红，她托人向他索取，他竟亲自送了来。一见之下，他们立刻用往年的口吻谈话。画家请女演员去看他的近作，她也和他谈论剧中人物。华年已逝，忧患频仍，但她秀色依然，娇艳如旧，更使洛朗斯惊叹不已。

一一

大家久已相信法国将侵略英国。剧院里的观众，在休息时间都想着蒲洛涅（Boulogne）① 海港正在编造木筏的消息。西邓斯夫人的号召力依然不减。但一般识者认为她的艺术未免失之机械，她的技巧已纯熟到危险的地步，一个大艺术家末了往往会无意之间模仿自己造就的定型。她表现热情的动作时，颇有过于机巧的成分，令人于叹服之余觉得出惊。她自己对于轻易获得的完

---

① 法国海口。

恋爱与牺牲

满，有时也不免厌倦。

莎丽二十七岁了，女子在这个年龄上应当明白想一想做老处女的滋味。她想到这层，可并不苦恼。"第一，"她说，"我老是生病，一定活不长久的了……但谁知道？也许到了四十岁会觉得生命太空虚而做出什么蠢事来？"这种痴心妄念使她很有耐心。实在她老是忠于挑逗过她心魂的唯一的爱情。世界上有一等人物把爱情看得那么美满，所以既想不到爱情会有终了，也不能想再来一次恋爱，莎丽便是这样的女子。她没有丝毫怅惘的神色，交际场中大家都欢迎她，她也装作一个快活可爱的人。她很能原谅别人的弱点，尤其是爱情方面的弱点她更能宽容。她和好几个青年保持着温存的友谊，只要她不发剧烈的气喘症，她毫无可怜的样子。

一八〇二年英法媾和之后，一切交通要道都开放了，社会生活也回复了常态。西邓斯先生定要他的妻到爱尔兰各地去表演一年。他管着家庭的账目，知道开支浩大，伦敦的戏院经理出不起高价。西邓斯夫人虽然受不了久别家人的痛苦，但也懂得这次的牺牲是免不了的。

好几个月内，在都柏林（Dublin）、科克（Cork）、贝尔法斯特（Belfast）诸城，西邓斯夫人所演的"玛克倍斯夫人""康斯丹斯""伊撒白拉"大受群众欢迎。伦敦特罗·莱恩剧院早已熟习的印象，在这般初次见到的新观客眼里特别显得自然而悲壮。到处是热烈的采声，收入也很可观。莎丽定期有信来，语气很快活，很中正和平。她在信中谈论戏剧、社交、她的服装等。她表面上装得非常轻佛虚浮，其实她的身体与精神已是极端衰弱。她有时竟发现有些病象正似她妹子死前数月中的症候。她常常想到死，毫无恐惧亦毫无遗憾。"死，无异睡眠，如此而已……"生，于她久已成为一场空虚的幻梦。她慢慢地遁入幽灵的静谧的世界。

她的父亲眼见她日渐委顿，迟疑着不敢通知他的妻。到了一八〇三年三月医生认为病势岌危的时候，他写信给和西邓斯夫人同行的一个女伴，但还嘱咐她暂时隐瞒。这位朋友隐藏不了心中的不安，把信给西邓斯夫人看了。她立刻解除契约准备回去照顾女儿。

她想上船时，爱尔兰海中正闹着大风浪，几天之内无法渡过。满城受着狂风暴雨的吹打。西邓斯夫人出了二倍三倍的高价，亦没有一个船主肯冒大险。在无法可想的等待期间，她继续公演，她一日之中唯有在戏院里的辰光才能忘怀一切。"这时候不知怎样了,"她想,"莎丽在我动身时还算健旺,她一定支撑得住吧……但人的生命是多脆弱啊!"

她祈祷了数小时之久,哀求上帝至少把她最爱的一个女儿留给她。玛丽亚死时的景象,——在她脑中映现,她也想象莎丽独个子呼唤母亲的情况。天际迅速飞过的黑云,令她回想起克利夫顿最后几天的经过。晚上,每幕完了时的采声,于她不啻一场聊以自慰的梦的终局,不啻回向惨痛的现实的开始。等待了一周之后,她终究渡过了海,乘着邮舆向伦敦进发。在第一站上,她接到西邓斯先生的通知说女儿已经死了。

她沉默着不作一声,心胆俱碎,胸中忍着最剧烈的悲痛,连朋友们慰藉的话也无从置答。她的亡儿占据了她全部的思想,但她表面上的镇静或许会使人误会她冷酷无情,想到这里她更难堪了。可是一种无可克制的矜持,使她除了日常琐细的话以外什么也不能倾诉。

不久,她出人不意地说要重新登台,命人把《约翰王》(*Le*

Roi Jean)① 的节目公布出去。到了那天,她上戏院去,穿装的时候默无一言。

凡是那晚见到康斯丹斯哭亡儿亚塞(Arthur)的人都保留着永难磨灭的印象。他们不但重复发现了西邓斯夫人最高的艺术,并且承认她的天才达到了顶点。闻名一世的女演员的动作显得那么庄严沉着,仿佛在她后面随有整个送葬的行列。当她演到老后哭诉的那一段时,她觉得在莎丽死后她终竟把她慈母的爱情,把她终生的恨事,把她悲怆的绝望,尽情倾诉了出来:

> 我不是疯子!上天可以知道!
>
> 否则我将忘掉我自己,
>
> 忘掉我自己,同时亦可忘掉何等的悲伤!
>
> 如果我是疯子,我将忘掉我的孩子……

------

① 《约翰王》为莎翁名剧,叙英王约翰故事。王为亨利二世第四子,在位时期为1199—1216年。即位前篡杀侄亚塞(Arthur de Bretagne)大公。剧中之康斯丹斯即大公之母,故有哭亡儿之词。本篇第十段末已有申引。

终于她的痛苦宣泄了，诗人的灵魂抉发了她的创伤，文辞的节奏牵引出她的悲苦，戏剧的美点固定了她的痛楚。遏制太久的眼泪流下了，温暖的水珠在脸上滚着，在她眼里，整个剧场好似蒙了一层光明浮动的薄雾。她忘记了周围的群众与演员。世界无异一阕痛苦的交响乐，她自己的声音统治着一切，好似如泣如诉的提琴，好似热情奔放的呼号，也有如牧笛冗长地独奏着挽歌，连乐队悲壮洪亮的声音也无法掩抑它的哀吟。在女优的心魂深处，亦有一具乐器远远地用着细长的几乎是欢乐的音调，反复不已地唱着："我从没有这般崇高。"

邦贝依之末日

本篇所引信札，皆系真实文件。译自李顿爵士著：

The Life of Edward Bulwer, First Lord Lytton

一八〇七年，皮尔卫（Bulwer）将军暴病死了，遗下一妻三子。寡妇和孩子们住到伦敦去，自称为皮尔卫-李顿夫人（Mrs Bulwer-Lytton）。李顿是她母家的姓氏，在十五世纪鲍斯惠斯（Bosworth，博斯沃思）战役中出过名。现在她是这一族的唯一的后裔，故她觉得母家与夫家的姓氏同样可以夸耀。

皮尔卫族偕同威廉一世来英，一向占有封赠的田地，传到将军，是一个想念着这封地的人，以一生的光阴，去扩展这些田地。李顿族也是阀阅世家，在克纳华斯（Knebworth）地方拥有大宗田产。迄十七世纪为止,皮尔卫族老是保存着古老的家风,世代都当军人,李顿族的最后一人,皮尔卫夫人之父,却是一个博学之士,为当时最优秀的拉丁文学家。他给女儿授了根基深厚的教育,把她嫁给皮尔卫将军,那是一个颇有野心的军人,患着痛风症,使妻子时常受惊,又把岳母逐出他的家庭。

将军之死,使他的寡妻得以回到李顿族,袭用母家的姓,这原是她私心祝祷的愿望。两个年长的儿子送到学校里去了,年幼的一个名叫爱德华(Édouard),最为母亲钟爱,她教养他,慢慢地把自己的嗜好感染给他。他喜欢听她读高斯密斯(Goldsmith)或葛莱(Gray,格雷)的诗——她念得真动听,悲壮的声调中含着伟大的情绪。爱德华七岁时就在外祖父的书室中摸索,凡他所能找到的书籍,都可随意翻阅。有一天,他沉默了好久,突然问母亲道:"妈妈,你有时会不会感到'物我同一'(identité)的境界?"她用着不安的目光答道:"爱德华,你到了入学的时候了。"

他在学校里是一个出色的学生,十五岁时已能写作,充满着热情与幻想,有如少年时代的但丁一样。"我要恋爱,我寻求对象,不拘是谁。"爱德华寄宿在一个叫作伊灵(Ealing)的乡村上。村中有一条小溪,他每天去洗澡,洗罢便坐在岸旁出神。他时常看见一个面貌温和的女郎在那边走过。他不敢和她说话,但遇到几次以后,她微笑,而且脸红了。她住在一间草屋里,父亲是个放浪的赌鬼,往往离家数星期的不回来。热心尚侠的皮尔卫,看到这么娇艳的容颜与这么可怜的遭遇动了心。"我不能形容我们的爱,这和大人们的爱情不同。那么热烈,又是那么纯洁,心中从没有过什么恶念……可和这狂热的温情相比的情绪,我从未感到且亦永不会感到。"

每晚,爱德华买些果子和女郎坐在溪边的树下同吃。在这些约会上,他总先到。等待的时间,他心跳得厉害。她一到,他便平静了。"她的声音使我感到一种甘美的恬静。"一天,她忽然不来了,以后几天也不见她的踪迹。他到草屋去寻访,里面阒无一人。管门的老妇说父女俩都走了,不知何往。

这场小小的悲剧使皮尔卫的性格大变。他从热情变成悲哀,他喜欢孤独,喜欢森林,懂得拜伦。他在剧烈的痛苦之中感到愉快和骄傲,仿佛唯有他方能有此痛苦。在剑桥大学念书时,他动手写了一本《维特》式的小说。随后他亦如常人一般由绝望而放荡了。一八二五年,在二十二岁上到巴黎,皮尔卫受到一切世家的优遇,有着可爱的情妇,替朋友们当决斗中的陪随,自然而然地由多愁善感的情种一变为花花公子。如果没有写作的野心,他很可能纵情声色,流连忘返。然而他这种豪华的生活为他供给了第二部小说的材料。在这部书中,他想描写一个后期拜伦式(post-byronien)的英国青年,和曼弗雷特(Manfred)[1]成为对称式的人物,是勇敢而又傲慢、狂妄而又机智、令人不耐而又善于惑人的角色。

皮尔卫夫人从朋友的通信中得悉儿子在巴黎的声誉,很是满意。她承认他确有李顿族的气息,相信他将来在文学方面能有造就,她又想他回国后定将缔结一头美满的亲事。爱德华知道母亲的计划以后微微有些恐慌,在写给一个女友的信中说道:"我少不了慈母的照料,我也报答不尽她的恩惠,故我绝不能不得她同意而结婚使她难堪。但我至少还有权否决,将来我可运用这项权利。爱,我要说的是精神的而非感官的爱,在我心中早已死灭了。开发得太早的情窦会很快地萎谢的,怎么还能复活呢?正如一个被火灼伤过的孩子那样,对于曾经伤害我们的火焰,我们始

---

[1] 拜伦名著之名,亦诗中主人翁之名。

终是避之唯恐不及的了。"一八二六年四月杪,他回到英国时便抱着这种坚决的存心。他先乘马到加莱,再行渡海,这种行径与他的身份正好相配。

他傍晚到达伦敦,立刻往见母亲。她正预备赴茶会,便邀儿子同行。他已很疲乏,但看到她一团高兴地要把他献到人前去,也就应允了。他们到达时,一个青年女郎也同时进门。爱德华没有留意,他的母亲却指着她说:"爱德华,瞧!何等娇艳的容颜!"他转首一望,不觉怔住了,即刻向母亲探问她的来历。

他得悉这个美丽的少女名叫洛茜娜·斐娄(Rosina Wheeler),是约翰·陶里爵士(Sir John Doyle)的侄女。爵士在美国独立战争中当过将军,后来和法国在埃及打过仗,在指挥骆驼队攻占亚历山大一役中享了大名。退伍之后,他先当威尔斯亲王的私人秘书,继而被任为葛纳西总督。这是一个可敬的老军人。他的侄女在伦敦便住在他家里。她和自己的父亲是不见面的,他们另有一段悲惨的历史。

她的父亲名叫法朗昔斯·斐娄(Francis Wheeler),在十七岁上娶了一个小他三岁的女子。危险的婚姻,结局是生了六个孩子之后分离了。母亲带着孩子住在法国加恩(Caen)地方,她的家成了一般社会主义者及自由思想家聚会之所，这些人物过着相当放纵的生活，谈论亦充满着革命意味。洛茜娜极年轻时已颇有思想颇有主意，她对于自己所处的社会老是感到不满，她要过一种心里想望但不知究是怎样的生活，于是她离开了家庭。

这次离家的目的，据她说是要寻访父亲，但当她在爱尔兰旅途中见到他时，却大失所望地说："你不觉得爸爸俗不可耐么？哦，你瞧他的羊毛袜子！"可怜的父亲，又畏怯又笨拙，看见女儿生得如此俊美，非常得意，但无法劝她与他同住。洛茜娜在爱尔兰友人家中住了好些日子，遇见姑丈陶里将军，觉得很投机，便随从了他。

皮尔卫母子遇到她的时候，她在伦敦已经住了四年，出入于交际场中，受着名流的宠爱，拜伦以前的密友迦洛丽·兰勃（CarolineLamb）夫人，对她尤其亲昵。洛茜娜写些轻佻的诗，善于嘲弄，最会模仿人家可笑的举动，但因少不更事，常易令人难堪，故人家又是爱她又是怕她。这天晚上，她正在客厅的一隅取笑皮尔卫夫人的头巾，因为使她联想到菜市中堆得老高的杨梅篮，而老夫人的动作亦颇像镀金的木偶。至于那个刚从法国回来的儿子，垂着金黄的鬈发，在她看来未免有些妇人气派，但的确是一个美男子，雍容高贵，尤其难得。原来洛茜娜小姐最重视男子高雅的风度。

皮尔卫夫人在茶会将散之前，邀请这位美貌的少女常到她家走动。爱德华从此便时时遇到她，一起谈论他们的诗文小说，谈论他们的计划，互相通信，在许多友人家中会面，不久，在社会上已被认为一对未婚夫妇了。在舞会中，只要有诙谐滑稽的斐娄小姐在场，定可看到那个举止高傲的少年追随着她，他和她交谈时老是卑恭地说些谀扬称颂的话。

夏天，爱德华·皮尔卫住在母亲家里，迦洛丽·兰勃夫人也邀请洛茜娜到她家里作伴。兰勃夫人和皮尔卫夫人同住在克纳华斯，且是近邻。皮尔卫夫人眼见两人的交谊日渐亲密，很觉烦恼，尤其因为这种交谊是她为母的鼓励起来之故，心中愈加懊丧。"爱德华，瞧！何等娇艳的容颜！"一切都是这句傻话惹出来的。现在，爱德华对于这个女子简直像发了疯一样。但皮尔卫夫人不赞成这件婚姻，那个小妮子没有钱，没有出身，被一般强盗般的人教养长成的，从各方面看都配不上一个皮尔卫-李顿的双料贵族。她可亦并不如何着急：这桩婚事一定不会成功，因为爱德华完全要依赖她。将军的遗产当然应归长子，次子还有若干田地，但爱德华的全部产业，只有他母亲的津贴，至于外家李顿族的家私，不消说更是在她一人掌握之中了。

八月杪，爱德华·皮尔卫在森林中和洛茜娜·斐娄做了一次温柔的密谈之后，决意给她写第一封情书。"我对你的情愫已经感到了几年。或者我应当把我的心捺按下去……如果我冷静的思虑不被昨天一时的冲动打消，我或者还能隐藏我的情操，把你忘怀。但我已触及你的肌肤，我觉得你的手在我的手里，我便觉得世界上只有一个你了。所谓理智，所谓决心，所谓思虑，在一刹那的热情奔放之前，都成无用。在这种情形之下，我才不得不对你披沥肝胆。虽然你那样的和蔼可亲，可是我的情意，似乎你还没有同意呢……啊！上帝！我真想消灭这个可怕的印象！我能有什么希冀呢？像你这样的头脑与心灵是不能轻易折服的，而我也未曾让时间来酝酿一切。我已说过：我对你倾倒。此刻我可再说一遍。请你考察一下你的情操，告诉我可有何种企望。"

洛茜娜以慎思明辨的态度回答他说，他是前程远大的青年，万一她对他有何妨害的话，他母子俩定有一天要怀恨她，而这也并非无理。"恨你？洛茜娜！此刻我眼中噙着泪，听到我的心在跳。我停笔，亲吻留有你的手泽的信纸。这样热烈的爱情能变成憎恨么?……你所说的美满的前程,如果没有你的热情为之增色,亦只是毫无乐趣的生涯而已……你的宽宏直感动了我的心魂,请相信我,在无论何种的人生场合,也不论尔我通讯的结果若何,我将永为你最忠实的朋友。"

他随后写信给母亲,报告他和洛茜娜的交情,说明他们亲密的程度、他们的通信、他们的计划。皮尔卫夫人的复信却含有严重的警告意味。洛茜娜为何要离开她的母亲呢?

——因为父亲死了要去奔丧。

可是父亲逝世的日子与她逃亡的日子并不相符,真是奇怪的事情。且有人能知道她如何生活么?她说住在姑丈陶里爵士家,可是真的么?外人只见她在伦敦周旋于达官贵人之间,夏天住在兰勃夫人那里,她对于自己的境遇会随机应变地信口胡诌。而且她不知天伦为何物,新近死了一个姐姐也不戴孝。

"你弄错了,她确是住在姑丈家里。你说她没有为她亡姐戴孝,但她确是戴着……我愿,亲爱的母亲,我愿你放弃你的偏见,以公正的态度对待一个我相信是光明磊落的人。"

但皮尔卫夫人愈考察这个未来的媳妇,愈觉得放心不下,她知道自己曾经受她嘲弄,她怕她这种爱取笑的脾气,更怕她受过兰勃夫人熏陶的佻的道德观念,而她引为痛心疾首的,尤在于这个来历不明的爱尔兰女子不配匹偶一个姓皮尔卫兼李顿的人。这并非说皮尔卫夫人是如何势利,她不一定要她的媳妇有如何高贵的出身,但她希望是一个家有恒产、家声清白、家庭和睦的女子。她很懂得这样如花似玉的美人会感动一个青年男子,这是人情之常。但要结婚,那才是发疯!假使爱德华不放弃他的计划,她将停止维持他的生活。没有她,他怎么能养妻育子?

"我刚才接到母亲的复信。喔!洛士,那样的信!你的眼力着实不错,我以为母亲对我怀有毫无虚荣心理的慈爱,至少也关怀我的幸福,哪知我完全想错了……"

由此可见洛茜娜对于皮尔卫夫人的判断,和皮尔卫夫人对于洛茜娜的判断,一样缺乏好意……

斐娄小姐,因被人认作陷诱青年的轻薄女子而表示愤慨,亦是当然的事。且皮尔卫夫人在婚姻上亦过于重视她的儿子了。爱德华·皮尔卫究竟算得什么呢?一个美男子,很聪明,或者有大作家的希望,但这些预约是否定会实现?说他阀阅世家么?说他富有风趣、人才出众么?是的,但亦不过如其他崇拜斐娄小姐的男子一样而已。且亦不可忘记,斐娄小姐是伦敦最美的女子之一，生活也还优裕，她的姑丈陶里爵士是将军，是世袭的侍从男爵，又是前任威尔斯亲王的秘书；她交游广阔，友人中亦不乏才智之士，要找一个比爱德华·皮尔卫更贵族更富有的丈夫，于她并非难事。那么她为何依恋皮尔卫呢？她真是对他难舍难分么？他很讨她的欢喜，但讨她欢喜的男子正多哩。要不是他那样温柔地向她求告，要不是他那样的自怨自苦，要不是他说"经过了第一次爱的悲剧之后，第二次的打击势必把我的生命毁掉了"那类的话，她鉴于皮尔卫夫人坚决的反对，也许早已不想嫁他了。但或者正因为老夫人这种笨拙的阻挠，反而把洛茜娜挑拨得不肯罢休了。

皮尔卫自己，老实说也不大明白自己究有何种愿望。洛茜娜很美，颇有才智，他赏识她，对她有相当的欲望，很高兴听她说话，他幻想和她一起的生活将如登天一般的幸福，但也有些不放心的地方。他细细思量一番之后，觉得母亲的说话毕竟不错，洛茜娜所受的教育确很乖异。说她有许多危险的朋友亦是真的。他对于迦洛丽·兰勃认识太清楚了，他不能欢迎他的未婚妻和她来往。理智劝他往后退，情欲诱他向前冲；加以皮尔卫自命豪侠如中古的骑士一流，故他的情欲更加兴奋了。其实他这种豪侠的态度不过是一种文学情调而已。

皮尔卫夫人坚决的态度,终于迫使她的儿子准备与洛茜娜割断了。他写了一封奇怪的信,是情书式的决绝书。他丝毫勇气都没有,有许多言语因为他自己不敢对自己说,故教洛茜娜来对他讲:"不要说我们中间一经分离便算完了,给我一线希望吧,给我多少鼓励吧,不论如何渺茫微弱,你亦将是我唯一的救主……在放弃一切希望之前,我求你再思索一回……但若我们真是非分离不可的话,要我来决绝你是不可能的,应得由你首先发难的了。你决绝我时也切勿过于温存婉转,使我心碎;如你不知怎样措辞,我可以教你……不要像以前那样的说我不必过于责己,不要说你也应该分担我的过错;但请说,既然我自己毫无天长地久的把握,我便永远不该做赚取爱情的尝试;但请说,我把你的爱情图我自私的快乐,以致破坏了你的幸福。你的这些责备,我都应受……啊,我唯一的、唯一的爱人,我此刻愈加爱你了。我这样的称呼你,难道便是最后一次了么?"

洛茜娜的答复很明白,她应允大家分手。

皮尔卫夫人似乎胜利了,但对于一个美丽的少女是不能长久战胜的。在爱德华方面,若是斐娄小姐不愿分离而苦苦牵住他,倒说不定要真的对她断念；无如她对于失恋的事情处之泰然毫无怨愤，这种出人意外的表示，却使爱德华大为兴奋，愈加眷恋她了。他到法国去旅行，在凡尔赛幽居了一晌，总是不能忘怀。

几个月之后，种种环境使他得有重新亲近她的机会。他心中原已后悔这次的分离，只是碍于颜面一时挽回不来，但支配人生感情的惯例，往往会令人借了痛苦的机会（例如疾病或丧事）去转圜已往的争执，因为在这等情势中的转圜是很自然的，没有屈服的感觉。皮尔卫得悉洛茜娜害了重病，回到伦敦去看她，表示非常恳切。大凡女人在身体衰弱的时候必更温柔，洛茜娜病愈起来，身心都觉愉快，加以旧欢重拾，愈加热情，于是她便委身了。从此，事情有了定局：爱德华答应娶她，不管他母亲同意与否。而且洛茜娜在定情之后，轻佻的心似乎有了着落，温存专一地爱着未婚夫。

爱德华在一八二六年最后数月中，完成了那部在剑桥大学时开始的小说，题名《福克兰特》(*Falkland*)，由高朋书店出版。他获得极大的成功，卖到五百金镑的版权，书店立刻请他再写两部新著。皮尔卫夫人虽然是很严厉很在行的批评者，也认为这本小说写得出色，她的赞美使爱德华鼓起勇气想与她重提那头婚事，他极想把它及早办妥。

母亲却使用最后一着棋子来阻挠爱德华和洛茜娜的婚姻。她咬定斐娄小姐瞒着她的真实年龄：她自认比她的未婚夫长六个月，皮尔卫夫人说这六个月实在是三年。皮尔卫答应他的母亲，说如果洛茜娜在这一点上撒谎，他便不结婚。他们派了一个书吏到爱尔兰去调查她的年岁，结果是洛茜娜并未说谎。

于是皮尔卫夫人又咬定爱德华已非洛茜娜的第一个爱人。关于这个问题，大家可不知底细了。但洛茜娜已经二十七岁或二十四岁——如果一定要承认她二十四岁的话，一个这样年纪的少女，无人管束地住在伦敦，而要说她还是清白之身，究亦不大近情。这一次爱德华却生气了："你说我们定得相信斐娄小姐以前有过爱人，这实在是不公平；你这样说来，岂非要证明一个男子绝对不可以娶一个二十四岁的美丽女子么？当然这是不合理的，而且用'他可能如此如此'的成见去判断别人是最不应该的……婚姻所关涉的只有当事人，做父母的即使可以不赞同，可没有理由表示不满，这一点我想你也当承认……你所能说的一切，只增加我的痛苦，我的决心可并不因之移动分毫。我已和你说过，除了斐娄小姐有什么不体面的事情以外，任是什么也不能使我解除婚约。十一个月以来，你用尽心思想证明她有所谓不体面的事迹，可是没有一项报告是真的，没有一件罪状是有实据的。你上次来信，又举发了一件我明知是虚妄的消息，说她曾和别个男子订婚。这一件，那一件，无论什么事情，只要你能证实，我便可毁约。否则请你不要再来麻烦我了。"这样之后，母子间的关系变得很冷淡。他在给洛茜娜的信中极力攻击他母亲所取的态度。但若洛茜娜也用同样的语句批评母亲时，爱德华便很严厉地责备她了。凡姓皮尔卫的人都有这种家族观念。

决定结婚以后，爱德华把自己的生活打算了一番。他预备在乡间租一所屋子，靠了文学工作的收入与夫妻俩仅有的小进款度日。他预备在三年中间写成两部大书。以后，等他著作的收入较丰、生活较为优裕的时候，他可以到外国去旅行三年，然后想法进国会当议员。他的前程既已有了这么准确的预算，只待择吉举行婚礼了。皮尔卫夫人终竟亦表示同意，但说她永远不愿见媳妇的面，不招待她，在金钱方面亦不愿有所补助，即使有也是微乎其微，等于没有。一八二七年八月二十九日在伦敦行过礼，新夫妇马上动身到牛津郡的乡下，搬进新近租就的胡特各脱（Woodcot）宅子。

结婚那天的情景好不凄凉,在行礼时两人都觉得踏上了牺牲的路。爱德华想着来日的艰难,想着他不得不做的毫无乐趣的工作,若使顺从了母亲,结婚以后便可过舒服的日子。他想着洛茜娜的举止有些俗气,缺少机警,偶然还有些暴厉的言语。他想着母亲的预言:"如果你娶了这个女子,不到一年,你将成为全英国最不幸的男人。"但他回头望望这焕发的容光,望望这双明媚的爱尔兰眼睛,心里便想这个牺牲是值得的。洛茜娜,她,明知自己并未促成这件婚事,是他来追求她的,苦苦哀求她的;她明知把自己的华年与美貌葬送入一个白眼相加的家庭里去了。那些可怕的皮尔卫-李顿的族人,会不会挑拨她年轻的丈夫与她作对?他是很懦弱的呢。她爱他,但瞻望来兹,不免寒心。

皮尔卫所租的胡特各脱的宅子,一个小家庭住是嫌得太大了,但他的母亲愈苛刻愈不愿支持他俩的生活,他愈要使妻子住得阔气一些。他们立刻把屋子内外布置一新,雇用了许多仆役,度着优裕的生活。招待宾客是洛茜娜的胜长,爱德华的少年英俊,更使来往的人众啧啧称羡。

婚后第一年过得很好,皮尔卫毫无可以责备妻子的地方,母亲的预言似乎已被事实打消。洛茜娜专心一意地爱着丈夫,乡居生活也过惯了。只有一件事情她觉得不如意，即是她的丈夫实在太忙了。她想不到一个作家的生活竟如是劳苦。她此刻才发觉，小说家在写作的时候有如一个梦游世外的人，整天和他书中的人物作伴，全不把身旁实在的人放在心上，并因专心写作之故，时常要于无意之中露出自私的脾气。她少女时代是在伦敦和朋友厮混惯的，一朝过着这样寂寞的生活自然要感到痛苦，但她知道为了他们的衣食之计，不得不挨着这种凄清冷寂的岁月，至少在最初几年是无法可想的，因此丈夫整天地关在书房里，她也忍受了。

在他一方面，他只抱憾她的不善治家。爱德华天性善于挥霍，他爱阔阔气气地花钱，到一次伦敦定要买些东西，或是给妻子用的金饰，或是装饰客厅的路易十四式的钟架。但他要人家记账，把他浪费的数目结算得很准确，这样他才快活。可是洛茜娜不能每天分出一小时以上的光阴去料理家务。她讨厌这些事情。疏懒成性的她，欢喜看书，写长信，尤其是和犬玩耍。犬是她最心爱的东西，豢养着不少。他们夫妇之间也只用犬的名字来称呼，他叫"波波"，她叫"波特"，是一条母狗的名字。

婚后一年，她生了一个女孩，最初想自己抚育，爱德华认为婴儿的声音将妨害他的工作，定要寄养出去。洛茜娜答应了，心里却难过了好久。爱德华说他的工作是神圣不可侵犯的,她想到这层总有多少痛苦之感。她既远离了伦敦的交际界,爱好讽刺的性情失去了目标,便不得不在丈夫身上尽量发泄。一个作家,哦,真是滑稽的家伙,写作时那么痛苦,那么迟缓,对于作品又那么尊重,好似信徒膜拜他手雕的神像那般虔敬,这一切岂不令人发笑?……那本新著的小说《班兰》(*Pelham*)又大获成功,她很欢喜,因为这种成功可使他们的生活更加充裕,但她并不如普通读者般的天真,并不崇拜丈夫的作品,他的为人她认识得很清楚,不信《班兰》便是作者的化身。她眼望丈夫完成了作品,如释重负般立刻往伦敦去住上三天二天,或是宴会应酬,或是出入于歌场舞榭;她觉得非常悲伤。他说是为了观察社会起见不得不然,他不能描写他没有见过的人物。洛茜娜喃喃地说:"他是得到我允许的。"但当她独自留在这所大屋子里的时候,周围尽是田野,除了几条狗以外更无别的朋友,她不禁回想当年,一大群青年追随着她,说一句话就会使大家哄笑的盛况。

　　皮尔卫夫人执拗的态度,更加增了青年夫妇的烦恼。这种顽固的作梗实在难以索解。假使她尽量用延宕的手段来阻挠婚姻的成就倒还说得过去,但已经结了婚而仍不肯罢休,那是什么道理呢？她对儿子的来信也不复了，一个钱也不给，甚至连孙女的诞生都置之不理。《班兰》出版之后，她似乎又回心转意地变得近情了些，显然是因虚荣心满足之故，她自愿给他相当丰厚的津贴，但以永远不见媳妇为条件。爱德华尊严地拒绝了。他说："我认为侮辱的是，你不愿见我的妻，不愿踏进我的家……即使我一些也不关切她，对她的侮辱亦无异对我的双重侮辱。夫妇的利害关系是一致的，至于他们的和睦与否又是另一问题……你最先对洛茜娜的坏印象，据你说过有许多理由，但其中不少已经证实是错误的了。你当初以为我结了婚，一年之后将成为世上最不幸的男子，这是你亲口说的话。但这种骇人的预言并未实现。或即使我不幸，亦并非因为洛茜娜的行为或对我的爱情使我不满之故。"

这最后一句使母亲觉察他对于自己的不幸已承认了一半。又是好奇，又是怜悯，她去探望媳妇，结果可大不满意。皮尔卫夫人责备媳妇没有在门口迎接，没有热烈欢迎的表示，对待一个今后将维持他们生活的母亲，这岂是应有的态度？爱德华为妻辩护，说两年以来从未亲近过，她自然不能一下子抱着舅姑的颈项做出那种可笑的样子。这一次，洛茜娜重复感到她已非列名于当代名姝之列的少女，而变成了一个孤独可怜的妇人，幽闭在乡间，受着舅姑的白眼,丈夫对她也几乎常是不闻不问。

现在爱德华·皮尔卫希望住到伦敦去了。《班兰》一书的成功使他成了时髦作家。他爱应酬,爱交际,怀有政治上的野心。他必得在伦敦漂亮的市区内赁一所宅子。有一位名叫纳许(Nash)的人,当时专替达官贵人经手租屋的事务,他的主雇至少也是什么王家侍从之类,等闲的人是不在他眼里的,但他因为震于爱德华的文名,居然也肯替他在赫福脱街(Hertford)赁下一所阔气的公馆。皮尔卫把房子修葺一新,特别费了许多心思装成一座邦贝式的餐厅,大受时人称赏。

从此,他们过着豪华的生活。洛茜娜一个多年的女友,在拜访过他们之后写道:"他们待客极其殷勤,陈设的富丽,起居的阔绰,尤其令人神迷目眩。在那里我亦遇见不少才人雅士,都很可爱,但在大体上我不爱那种气派,他们的生活中寻不出一丝一毫的家庭气息。皮尔卫先生老在书室中用早餐,我和洛茜娜则在内客厅里,而且午膳时,除非他自己请客,亦难得在家用饭。"

至于他的客人不消说都是一时之选。有政治家,有文豪,如摩尔(Tom Moore)、狄斯拉哀利(Disraëli)、华盛顿·欧文(Washington Irving)之流,总而言之,凡是当代的知名之士,无不在他家里出入。不久，每逢皮尔卫家有什么宴会，社会上就要宣传一番。爱德华做起主人来是挺有趣的，他颇像在小说中描写的主角"班兰"那样，外表疏懒，内里藏着坚强的力量。虽然他感觉敏锐，常会因了生活上的小事而动怒，但他用餐的时候，老是穿扮得齐齐整整，十分讲究，装出很愉快的神气。

洛茜娜住着这座美轮美奂的宅子，有着这么可爱的伴侣，却并不快活。在她眼里，那些文人都是虚伪傲慢之徒。她讨厌当时流行的语调，尽是纨绔子弟装模作样的夸大的口气。她自幼受着爱尔兰人与法国人的教育，养成一副质朴自然、无拘无束的性情。她绝非没有思想，但她心直口快，想到便说，不愿讲求说话的形式，亦不管说得深刻不深刻。她抱着玩世不恭的态度，从小欢喜顶撞人家，这种脾气，她称之为"爽直"，爱德华称之为"无礼"。当宴会散后，他以家长的身份用着宽容的态度纠正她方才的举止或谈吐时，她不禁大为愤慨。她青年时期一向听惯了恭维赞美的话，即是皮尔卫自己，在追求她的时代亦屡次称赞她思想的敏捷与细腻。而此刻他竟想教训她了。她可不愿受他教训，这种迂腐之谈，教她如何忍受得了？她仍如往日一样的谈话。假使言语之间得罪了摩尔或年轻的狄斯拉哀利，那么就算摩尔与狄斯拉哀利倒霉。

他们最显著的龃龉，还有更重要的症结。爱德华即在与众不同的生活状况中，对于宗族观念依旧十分着重。皮尔卫与李顿二族的人氏，世代受人尊敬，很有地位，故崇拜宗族的心理是古已有之的传统，自然爱德华也不能例外。族中的弟兄们，不论是极远的远房，不论是怎样的可厌或愚蠢，总是和所有的皮尔卫及李顿的族人一样，应当受人包容，受人尊重。洛茜娜却正相反，她自幼见惯互相憎恨的父母，一天到晚的互相攻讦，故她简直不知尊敬为何物。她说过她的父亲很俗气，她说过她的某个叔叔"人家从没说他如此肮脏，但我一向看见他像一个蒸汽浴室里的火伕一样"。这一类的说话使爱德华听了非常刺耳。但这还不过是说斐娄族的人而已。若攻击皮尔卫－李顿的人时可更要不得了，她学着舅姑与夫兄们的腔调神气，于是爱德华忍不住了："我是很高傲的。凡是和我有关联的人，我都认为我自己的一部分，他们都不应该受我所爱的人的嘲笑与侮辱。"但在她心目中，这种高傲不过是一种可笑的虚荣心理，毫无意义，故她慢慢地把皮尔卫母子同样当作讥讽的资料了。

她的丈夫逐渐成为职业化的作家，如果不怀好意地加以观察，他确是世界上最可笑的男人。因此，洛茜娜亦更多讥讽他的机会了。他把外界的批评看得极其认真，有一次为了某个杂志上的一篇短文而苦恼了好几天。她把他这种过分夸张的痛苦和她自己的哀伤比较之下，不禁惨然苦笑。他的虚荣心既那样的经不起打击，表面上还要装作若无其事的样子自鸣得意——她想到这些矛盾又禁不住微笑了。在后台的人，绝不会尊重在前台扮演君王的角色。他有时很会表现英雄气短儿女情长的情操，如他小说中的主人翁一般，可是洛茜娜只觉得是"文人的矫伪"。她知道他冷酷无情，自私自利，重视虚荣，把名利看得比爱情更加宝贵。

同是那样的事实，同是那样的夫妇生活，做丈夫的看来却全然异样。他常常买东西送给妻子，使她见到一切有意思的人物。他们一年要花到三千金镑，这个巨大的用度自然要设法赚得来的。为了挣钱，他每年必得要写一部长篇，几部短篇，无数的杂志文章。这种一刻不停的创作生活使他容易动怒，非常烦躁，而这神经衰弱又影响到他的工作，使他文思迟钝。这种互为因果的情形，把疲乏已极的作家磨难得益发烦恼不堪。他上半天的工作一不顺利，即会和妻子大吵一场，他立刻后悔，但已太晚了。"他好似一个被打伤的人，浑身的感觉都特别锐敏。"只要他的妻在家常事务上提出什么问题或打断他的工作时,他便发气。他也在某部小说中写道:"可怜的作家,懂得他怜悯他的人实在太少了!他把健康与青春统卖给了一个冷酷无情的主子。而你,你那般盲目的自私的人,还要他和生活健全的人一样的行动自由,一样的嬉笑快乐,一样的中正和平。"

他尤其痛恨他的妻对他的工作不感兴味。他当初以为一个结了婚的文人可有共鸣共感的热情生活。一个作家拿了上半天写就的原稿踱进妻子的房里念给她听,她呢,随时随地怀着鉴赏的心情,立刻变得与她丈夫一样的热烈感奋,这才是爱德华称心乐意的生活。

然而洛茜娜整天的被丈夫丢在一边,哪里还有心绪谈什么高深的问题或讨论什么小说中女主角的心理状态?她只能再三回味她真切的悲哀与创伤,想着舅姑的怪癖或丈夫的虚荣。对于她,人生真是一场空梦。她此刻有了两个孩子,但她一些也不关心,爱德华把他们逐出家庭寄养在外边的习惯,使她再没照顾儿女的心思。此外,她只有几条狗。至少这几条狗还爱她,她一进门它们便快活得狂吠一阵,陪着她始终没有厌倦的样子。她到处带着它们,替它们印着拜客的名片,常和自己的片子一块儿投在朋友家里。"轻佻的儿戏亦是一种强烈的心境的表现",她的溺爱狗正表现出她做人的悲苦。

有些时候,她想起往日的柔情,还能勉强在生客前面用和善的敬佩的口气讲起爱德华。一八三一年,他当了国会议员,那时她写道:"可怜的爱人,他现在似乎很快活,但我替他担忧着第一次的出席。你们都已知道,他不能遇事镇静,凡是一件别人认为成功的事,在他心中,只要是涉及他自己时,总当作失败。他对于自己的作为,没有一桩是满意的。"

她居然和舅姑通起信来,措辞也相当恳挚,所谈的无非是关于爱德华的事情。"夫人,想起可怜的爱德华吐血吐得这么长久,真是伤心。但他这种奴隶般的苦役与发狂般的生活一日不止便一日无痊愈之望。他担负的工作分量,实实在在(一些也不虚说)是用三个人的精力与时间也对付不了。在夜半二三点钟以前,我难得有五分钟见到他的面,他的忙碌可想而知;但若我劝他少做些工,多休养身体的话,他立刻暴跳如雷,而这种盛怒更加重了他的吐血症。因此只能暗中愁叹,忍受一切,不作一声……母狗法丽躺在我的床上,每逢我咳嗽时,可怜的小畜竟眼泪汪汪地呻吟不已。唉,还有什么爱可和这条狗的爱相比呢?"

假使皮尔卫对她仍是忠实的话,她倒还可了解他是因必不得已的工作而冷淡了她,但他并非只是埋头工作而已。他有一种奇怪的习惯,在近郊看见什么合意的房子便租下或买下。他可以在那些屋里一住几星期,说是"幽居冥想",但洛茜娜颇有理由相信那些别庄是分给好几个情妇住的。有人见过女人的裙角在那边出入,朋友们报告她这种消息。这样之后,她的丈夫尽管对她说,他是政治家兼作家,他的责任与工作应当激起高尚的情操。这些好听的训话,在她耳中觉得既不真诚,又无意味,她回答他时只教他回想一下他从前许下的愿,说他一生是完全献给她的,还有那些初恋时的情话,在爱情满足之后很快便已忘掉了的。这类怨叹自然毫无用处,不过使已经倦于婚姻的丈夫更加愤怒更想躲避罢了。

一八三三年(皮尔卫三十岁),他们中间的局势愈益险恶了,他在议会与著作的双重重负之下觉得家庭无异地狱。于是夫妇俩都同意到瑞士与意大利去走一遭。也许离开了伦敦,离开了挑拨双方仳离的朋友,在数星期中暂时摆脱了苦役,只有两个人在一起的时候,或者能恢复以前初恋时的情景。那时候,皮尔卫每天骑着马,走着三里多路去和洛茜娜交谈几句,而洛茜娜亦不是以这个聪明貌美、众友艳羡的骑士自鸣得意的么？

爱德华·皮尔卫夫人很高兴动身到大陆去，她想把丈夫的心重新赢回来。当然她不如从前那样的敬佩他了，但也并不爱什么别的男子，还希望恢复夫妇之情。她离开伦敦时唯一的悲哀，便是不得不把小母狗法丽留下，"它此刻更加可爱了"。至于两个孩子，她已托付给一个老友，只嘱咐她遇到他们表示自私的时候加以痛责。她怕他们受着父亲的遗传性。

旅行的结果却大不吉利。说是只有两个人在一起时会恢复爱情原是错误的念头。凡是一对夫妇的情操，不复热烈到把什么事情都渲染得光明灿烂的辰光，宁可过着忙乱一些的生活。这样，两人虽然疏远，究竟还是日常生活的伴侣，至少有时还能感到群居的乐趣与微温的幸福，这种情形虽然难免风波，但还相当快乐，在真正的幸福破灭之后尚可敷衍一时。说是回光返照式的幸福罢，也可以，可究竟还有多少光彩。但两个人一朝离开了社会，便要相对索然了，何况旅行中另有一番麻烦，意大利风光所引起的反应又大相径庭，于是爱德华与洛茜娜发觉两人的趣味不复相同，细小的事情都会引起激烈的情绪，而且最危险的是，两人在一处时觉得十二分的不耐烦。不过,"波波"在烦闷时还可借对于艺术对于历史的研究来消遣,至于"波特"只好独个子在旅舍中咒骂人生了。

"在这个地方的旅行,"她写道,"有三种主要的特点:瘟疫、病毒、饥馑。瘟疫是蚊虫,病毒是臭气,饥馑是饮食。虽然如此,那个在家百不如意的'波波'在此恶浊的环境中倒有法子繁荣,他一天一天地发胖了。正如我的女侍所云:'皮尔卫先生由于事事和人相反的精神,在这些不舒服的床上和不堪下咽的三餐中间,颇有乐此不疲之概。'至于我,在这尽喝着柠檬水和到处使我怨恨的生活中却瘦了许多。那般诗人赞美这个国土的话全是撒谎,真该下割舌地狱!"

弗尼市(Venise)是蚊虫世界,法兰尔(Ferrare)是蚊虫世界。洛茜娜全个面庞都肿起来,但当她还在用着早餐的时候,"波波"已经参观泰市(Tasse)的古牢去了。将到翡冷翠(Florence)的时候,郊外满着扁柏、银色的橄榄树、青葱的榴树,她一时倒觉得秀丽可爱,但"英国无论哪个温泉城都要比它美丽二十倍……我们的窗子临着亚尔诺河——名字倒很动听,但实际只是一条肮脏不堪的小河,又狭又难看,全是泥鳅,中间满着丑陋的小船,住着恶俗不堪的粗汉,一天到晚在泥浆里乱搅。哼!威斯敏斯桥下的泰晤士河,其壮丽明媚,何止百倍于此!"

在意大利所有的奇迹中,洛茜娜觉得唯有某驿夫豢养的一条小犬倒还可爱,它可以在马背上立到一站路的辰光,而且很平稳。"但请告诉我亲爱的法丽,说我对于这些狗从未拥抱一下,抚摩一下……并且我已直接写信给法丽了。"

在罗马,皮尔卫要为他筹思已久的一部小说搜集材料,他要描写李昂齐(Riensi)在十四世纪时的暴动,即欲推翻贵族专政、重建罗马共和国的那次革命事件。他把他的已经万分厌倦的妻奔东奔西地带去看纪念建筑。"我对这座城市的失望简直难以形容。这的确是我见到的最脏最野蛮最可厌的城……罗马郊外和罗马城内一样的丑,即是亚尔拜诺(Albano)、弗拉斯格蒂(Frascati)、蒂伏利(Tivoli)那些名胜亦不能例外。但陶米蒂安宫(Domitien)与西皮尔(Sibylle)庙堂确是真正美丽的古迹。"

随后到了拿波利(Naples,那不勒斯),情调突然改变了,意大利好似变得可爱起来。事情是这样的。皮尔卫在剑桥大学念书的时代,对于古代史颇有研究,蓄意想写一部描绘古代生活的小说。他在米兰勃莱拉(Brera)博物馆中看到一幅题作《邦贝依之末日》(*Les Derniers Jours de Pompéi*,《庞贝末日》)的画,大为叹赏。他觉得画面上的情景非常动人,那是纪元前一世纪时弗苏维(Vésuve)火山爆发,把邦贝依(Pompéi,庞贝)全城湮埋地下的故事。爱德华预备把这件惨祸加上多少传奇式的穿插而写成一部小说。他一到拿波利便去参观邦贝依城的发掘工作,觉得这些将近二千年前的生活与吾人今日的生活还很相近,不禁引起了许多感慨,他立刻动手工作了。

皮尔卫工作时的情景,可怜的洛茜娜知道得太详细了。他决定着手这部小说之后,即自朝至暮地浏览关于邦贝依城的书籍;他不愿人家和他谈话;有人闯进他的房里他便唉声叹气。洛茜娜整天的被丢在旅店客厅里,与她住在伦敦或乡下时的情形一般无二。"波波"自私自利的脾气真是无可救药。

在拿波利某次应酬中,洛茜娜遇见一个当地的亲王对她殷勤献媚,他觉得她光彩照人,赞美她爱尔兰种的眼睛,赞美她的肌肤,赞美她的思想,说了一套爱德华七年前恭维她的话。她很高兴听他这些谀辞。可见她还年轻,还能颠倒男子。居然还有人愉快地同她在落英缤纷的橄榄林中散步,而在看到她时也再没心思去关在房里往故纸堆中讨生活。

当爱德华专心一意要把邦贝依城重建起来的时候,她便和亲王出去游览,她立刻觉得拿波利美妙非凡。地方的景色原随着我们心情而变的。罗马、翡冷翠之可厌,是因为丈夫的缘故,拿波利却不然,那是"意大利唯一不使我们失望的城"。拿波利的旅馆真舒服,蚊虫也没有了,吃饭也不挨饿了,拿波利的海湾真幽美,拿波利的阳光真明媚。亲王口中尽是一派称赞颂扬的话,和她丈夫几年来老是咕噜咕噜批评她性情脾气的那一套简直不能相比!

实在她应该想到,假若亲王和她同居了六年的话,他也会如"波波"一样的严厉。须知做丈夫的观点,和一个偶然相逢的崇拜者的观点必然不同;前者是更苛求,希望在妻子身上看到更稳实的优点,因为情欲已衰,头脑冷静,说话也更真诚。其实,他的女人既不像崇拜者所说的那么了不起,也不像丈夫所说的那么要不得,她的真面目却在两极之间。但她更爱享受这种使她觉得再生的幸福,且拿波利亲王对她的奉承,使她更有理由贬责丈夫。

几天之中,爱德华·皮尔卫对于眼前经过的事情一点也没

恋爱与牺牲

有留心。他生活在基督降生前七十九年时代①，而且几年以来，他已不顾问他的妻，从不理会她的行动。但一发现她有这种柏拉图式的恋爱时，他立刻大为震怒。他问洛茜娜爱不爱这个男人。她答说爱的，说她所有对于丈夫的爱已经死灭，她认为他只是一个无信义、无心肝、无道德的人，骄傲专横，麻木不仁。爱德华妒火中烧，一面觉得痛苦，一面又极激动，甚至比恋爱时的情绪更强烈。《邦贝依之末日》顿时置诸脑后了，他只想使洛茜娜赶快离开拿波利，二十四小时内便首途往伦敦进发，他并说要把她关在乡下，不再与她同住。

归途中尽是吵闹不休。爱德华责备洛茜娜对他不贞，却忘记了自己对她的不忠实更来得严重。他把她丢在一边直有六星期之久，一朝从邦贝依古城中探起头来发现他的妻不曾好好地纺织而勃然大怒：这等情景使洛茜娜觉得又好气又好笑。到了伦敦，她在女友家里住了一晌。女友想替他们讲和，但两人的谈判失败了。爱德华一定要洛茜娜说她爱他，说她从未爱过那个亲王。洛茜娜一定不肯说。谈话之间把拿波利的故事一件一件地搬出来，

① 即邦贝依城湮没之年。

临了他们决定最好还是暂行分居。

离别可使爱情有破镜重圆的希望。"最早的情操消失得最慢。"最近的恶劣的印象如薄雾般慢慢飘散开去,大家回想到在兰勃夫人家园中的初吻,便互相通信表示好意。"我想,"爱德华在信中写道,"我们俩都放弃了我们分内的幸福。当然我忒嫌苛求了些,我非常强烈地感到的事情,在你简直无法了解。我所要求的一种同情与善意,照它的性质看来,或许正是无论何人也不能期诸他人的。在你方面,你拒绝了我对你的爱情与温存,我虽然从未因此而消灭对你的爱,你可始终不睬,你把我批判得不留余地,说我有如何卑鄙的动机,如何势利的观念,似乎定要把我造成你理想中的我的样子。啊!请你对我慈悲些吧,公正些吧。我们应该互相尊重,因为一个人受着好意的批评时定会努力向上,勉副期望。亲爱的洛士,请相信我,我真正地爱你,深深地爱你,但多少烦恼的人事弄得我筋疲力尽,身体衰弱,使我常常心头火起,有时竟是一种病态了,故你一句不大客气的说话,不大婉转的声音,冷酷淡漠的神情,都使我轻易不肯忘记。"

这次的裂痕,在他们初婚时期原曾经过母亲的挑拨,但此刻母亲也大为惊骇,劝他们各趋和缓,言归旧好:"如果你肯听从我,那么你当尽力使她疼爱孩子,因为唯有母子的爱才能够增进夫妇的爱……一切都应安排得像重新结过的婚一样。既往不咎,方能长保未来的安乐。"

爱德华受过了母亲的劝告,心里害怕真正要决裂,加以在分居时容易忘掉对方的缺点,故他有时认为和解是可能的了。"假使你能开诚布公地告诉我:'我对你又恢复了往昔的爱情,我对你的批判亦仍与以往无异,我准备如以前那样的和你一起度日,取着宽宏大量、遇事包容的态度,做你的朋友,做你的依靠',那么,我将欢欢喜喜的,抱着感恩的心肠,把最近的事故置之脑后。"

在两个失和的爱人的通信中,两条可怜的狗也牵入了,例如她的信中说:"波特向波波贺年。"他的信中亦写道:"可怜的波特,此刻两条狗亦病了,而病狗往往是狰狞可怖的……因此你得快快复元,使我们不再互相恼怒……我再说一遍罢,亲爱的波特,你应安心静养,锻炼你的身体,澄清你的思想。"

皮尔卫下乡去探视他的妻。她知道他快来时,八天以前已经在谈起了。预备些小玩意儿,想教他乐一下子,那时她完全如一个温良的贤妻等待着久别重逢的丈夫一样快活。《邦贝依之末日》已经出版,大受欢迎,洛茜娜对之亦颇表好感,她说:"这本书使我着了魔,兴味浓厚,令人爱不释卷。作者的天才,在此比在别的小说中表现得更美满了。"以这种辞令去应对作家,确是最恰当不过了。但他一到,什么都弄糟了。坐下不满五分钟,她就说了许多不堪入耳的话。他先是勉强忍着,继而亦不免报以恶声。她知道他在伦敦和另一个女人住在一块,对他大发醋劲。他呢,盛怒之下亦搬出拿波利的故事以相抵制,趁着意气蛮干了一场,也顾不到什么体统不体统了。每次的会面,每次这样的收场,而每次要几星期的时间去挽回每次留下的裂痕。原来他们的龃龉另有深切的原因,故他们的媾和即是成立了也无法持久。

　　实际是,再来一次恋爱的事已很困难。必要两人见面时永远觉得快乐,方为真正的爱情,但若对方的印象牵带着什么难堪的往事时,相见之下便不免想起那些往事,悲愤交集,哪里还会快乐?在喜剧中,两个爱人在第三第四幕吵闹之后可在第五幕上突然讲和,使观客离开戏院时以为他们从此琴瑟和谐白头偕老。人生可不是这么一回事,人生舞台上的演员是有记性的:在演第四幕时,第三幕还盘旋心头,且以后还有第五幕,还有第六幕,还有……直到死了才算忘掉。

爱德华既是小说家，应当懂得这种心理，应当由他说明一切，或帮助对方解决这个僵局，然而他不大明白，他倒希望洛茜娜对他表示宽容与忍耐。"亲爱的洛士，我的天性与体质都比你更易恼怒，故解决现局的任务于你较易担承；人生的经验能否帮助我们转圜，亦系于你一人身上。在这等情景中，关键总握在女人手里：'一句温柔的答话可以平息男子的怒气……'如果你知道，我的洛茜娜，你曾使我宽宏的感情受到何等的打击，使我何等的沮丧，那你亦将忏悔你以前的过失了……哀琪荷斯（Maria Edgeworth，1767—1849，埃奇沃思）[①]女士曾言，一个爱丈夫的妻子，对于丈夫的作业始终感到兴趣，即使拔萝卜那样猥琐的工作也不能例外。但若丈夫所干的是最光荣的事业，那么她的兴趣更应如何浓厚！……不论在政界上文坛上，我是一代的超群拔萃之士，只要我活着，我的生涯将使一切与我无干的人表示关心，难道我的妻倒要对我的事业打呵欠，对我的行为百般讥讽么？"

后面并列举着各种劝告，第一条怎样，第二第三条又怎样，第四条尤其重要，那是"不要侮辱我的亲长！"在外人看来，这

[①] 英国女小说家兼童话作家。

些都很冠冕堂皇，颇为得体，但洛茜娜只觉此种保护人的口吻难于忍受。她知道他写这封信时一定自以为慈祥温厚，宽大为怀，柔肠侠骨，更有古骑士风。他的用意是要辩解自己的过失，但他的辩解自己的过失，就是数说妻子的过失。皮尔卫母子都有这种脾气，使洛茜娜老是愤恨不已。他们自以为是超人的种族。爱德华写起信来总想象自己具备一切条件，可做一个聪明的、善良的、有悟性的人。他是小说家，很会塑造这等英雄，把他描写得亲切可人，临了他说这个英雄便是他自己。然而洛茜娜已有长久的经验，明白这些无非是纸上空谈而已。

最好还是承认事实。这对夫妇必得分离的了。当时的英国法律是没有离婚的。皮尔卫首先想到分居。他有许多理由希望马上实行。他写了一封坚决的尊严的信把这个意思告诉她："我已下了确切的决心，我们应当分居，从此你不必再说我把你关在'乡下的牢狱里'。你欢喜住哪里便住哪里，我不糟蹋你的幸福亦不拘束你的自由。我只求你不要牺牲了我的。你对我已毫无爱情，我对你所能有的爱情亦被你斩断了根苗。"后面是分配银钱的办法，也很合适。他每年给她四百镑赡养费，外加一百镑的儿童教养费。这样之后，洛茜娜在日记中写道："皮尔卫先生的信中，充满着病态的感觉。他把我正式离弃了。好吧！我为此怨愤也太傻了！……他们胆敢自命全知，自命有德，随时都可以诬蔑我。"

她住在乡下，孤苦伶仃，万分绝望。她拼命喝酒，想借此忘怀一切。这时候，"波波"那位道学先生在巴黎过着奢华的生活，可也不免困于内疚，觉得不大快活。为何要有内疚呢？因为，上帝鉴临他，他实在没有损害她的心思。为两人的幸福起见，与其住在一处常常拌嘴，毋宁分居为妙。然而七年以前，她还是一个幸福的少女，多少男子曾经受她美貌的摄引，他却把她丢在一边，使她孤独、贫困、万念俱灰。

她开始写日记："我一向注意到，孤独的狱囚在记着日记的时候觉得有所寄托，一般疯子的自言自语，大概亦是为此。他们再没别人可以说话……唉，我以前所过的是怎样的生活啊！童年，没有光彩；青年，没有花朵；成年，没有果实。我所有的几项优点完全被糟蹋了，甚至被人轻蔑……我亦自恨对于那么不值得的男子枉用爱情……如果我的心不是如此悲苦，听着爱德华的诉苦倒是一件好玩的事；他在家住不满两天，但他宛似个极爱家庭的可怜虫，怨叹家里的偶像被打倒了，怨叹家事荒废了，只因他的妻不能以顶了他的姓氏就算幸福，不能常常过着孤独的生活即感满足,亦受不了她的丈夫如船长那样,隔了许多日子才回家一趟,领着他的同伴来大吃大喝几天……"

"十天以来第一次出门,告诉园丁怎样把盆花排成花坛……拥抱了一会我的裴特斯克,它舐我的手,把它的头在我身上厮磨,好像比我世上任何亲族都更乐意见我……回到室内,拿起了六弦琴弹唱了一小时。炉火中突然吐出一道闪光,照耀出拿波利城的印象。我丢下琴,重新看到我在新街(Strada Nuova),驱车疾驰,那么可爱,那么狂热,那么快乐,海湾上阵阵的微风,挟着弗苏维火山的暖气,吹拂着我的脸颊……啊,拿波利,亲爱的拿波利!唯有在你这个地方我觉得自己还年轻。——可是结果呢?难道我闹了别的笑话么?不,——但不闹笑话的人亦未必如他自以为的那般明哲保身。"

不,不闹笑话的人亦未必如他自以为的那般明哲保身。除了这次拿波利的奇缘(而且还是无邪的)外,她没有闹过别的笑话,但她已受到何等残酷的报应!她在潮湿的乡间病了,她咳嗽,她觉得突然衰老了。身体的衰弱不免使她想重新抓取多少爱情,即是极微薄的情分亦好。世界上既然只有丈夫一人,她便给他写着凄婉动人的信:"我求你宽恕这条可怜的老犬,它既老且病,快要死了,我求你再试一次……你现在宽恕它可绝无危险,这场残酷的病已使它爪牙脱落,衰弱病惫,不能为害的了。你记得那个寓言么——一个人因为他的狗犯了重大的过失要打死它,但他停住了想道:不,当时你曾是一条好狗,我看在这一点上饶恕了你这次吧。"

信末,她又要求万一她死了之后,请他好好照顾她亲爱的小母狗法丽,它死后亦请将它的骨骸葬在她的墓旁。"上帝降福于你,波波,这是可怜的老母狗所祝祷的。"

几天之后,分居协议书签了字。

皮尔卫以为这样办妥之后,事情可以完了。实际可并不如此。洛茜娜过不了孤独的生活,不能静静地忘怀一切。她没有朋友;她的性格很强,爱说坏话,又不能谨慎将事,管理家务;她浪费金钱,负了不少债。她无钱的时候便向丈夫要,先还客客气气的,到后竟强赖硬占的威逼了。为增多收入起见,她学着写小说。但除了描写负心的男子蒙着高尚的假面具而实际是一个虚伪残酷的人之外,还能写些什么呢? 她和丈夫的关系日渐恶劣。她有过几个外遇,都是短时间的,结果亦很不好。过后她又孤独了,酒也愈喝愈多,想要忘记,但她永远认定丈夫虐待她。一切探望她的人,她都当作是爱德华的间谍,把他们视为万恶的坏蛋。写给丈夫的信,或是寄到国会去,或是寄到俱乐部去,信面上写满了他的罪状。

他已成为鼎鼎大名的作家,重要的政治家;他被封为王家侍从男爵(他的妻,虽然分居着,亦因此升为李顿爵士夫人);但他一生都受着怀恨的妻子的威胁,他觉得随时可以受到最难堪的攻击。一八五一年,特洪夏公爵家里正在表演他的剧本,王后也亲临观剧,洛茜娜写信给公爵说,她将乔装卖橘妇混入剧场,把臭蛋投掷王后。爱德华吓得不敢在人前露面了,怕她要闹出什么乱子来。她拿他所给的赡养费买通几家无聊的小报谤毁他。他觉得这未免太冤了,他把李顿夫人分居以后的行为做了一个报告,送给神经病专科医生。他筹思如何才能止住她的愤怒,使她安静下来。他在所有的作品中谈起婚姻都取着严酷的态度,他写道:"要两个人在恋爱的时候快快活活一同就死是容易的,但要结为夫妇以后快快活活地过活便难之又难了。"此外他又言,"我恐大多数的婚姻是不幸的。"

可是荣名与他的年岁俱长。少年时代的朋友狄斯拉哀利,成了大政治家,一八五八年,把皮尔卫任为殖民大臣。这样爱德华必须亲自到选区里去运动连选。李顿夫人得悉之下,亦偷偷地去了。当爱德华爵士站上讲坛时,她嚷着向前:"让一让大臣的夫人!"挤到第一行,她又喊道:"任命这样的人当殖民大臣真是英国之羞!"爱德华爵士不愿回答她,离开了讲坛。于是李顿夫人上台去说了好久,满场的人都笑开了:"英国的人民怎么能容纳这种家伙去主持殖民部?他杀死了我的孩子,还想谋害我!我身上的衣服都是慷慨的朋友们赠予的……"

这件事故之后,他决意把她幽禁了。一个神经病专科医生把她请去,随后把她送入一所疗养院。她尽力抗争,但法律的规定必须遵守,她应当服从。虽然人家待她很温和,她仍大声怨叹。这件故事传扬开去,成了一时的话柄。大家慢慢地矜怜她,替她抱怨,几个报纸主张彻查这件滥用威权擅禁大臣夫人的案子。爱德华的同僚亦劝他想法补救这场鲁莽的行动。当他正在无法可施的时光,他的儿子出来解了他的围,怀着极大的孝心领着母亲住到法国去,努力安慰她,若干时期以后居然把她镇静了下来。

李顿夫人回到伦敦度了残年,一直活到八十岁。她和几个少数的邻人老是讲她丈夫的罪恶史,又加上把她幽禁的一桩新罪状。她把他早期的信札念给人家听。下面那封初恋时代的信是大家一直记得的:"恨你?洛茜娜!此刻我眼中噙着泪,听到我的心在跳。我停笔,亲吻留有你的手泽的信纸。这样热烈的爱情能变成憎恨么?……你所说的美满的前程,如果没有你的爱情为之增色,亦只是毫无乐趣的生涯而已……你的宽宏直感动了我的心魂,请相信我,在无论何种的人生场合,也不论尔我通讯的结果若何,我将永为你最忠实的朋友。"